熊维政

羚锐集团董事长 第十届、十一届、十二届全国人大代表。

熊维政，河南省新县人，披荆斩棘、筚路蓝缕、敢为人先，率领羚锐人在大别山革命老区，创造了令人瞩目的传奇……

情满

大别山

團结出版社
UNITY PRESS

图书在版编目（CIP）数据

情满大别山 / 熊奎著 . -- 北京：团结出版社，
2017.10
ISBN 978-7-5126-5614-7

Ⅰ . ①情… Ⅱ . ①熊… Ⅲ . ①传记文学—中国—当代
Ⅳ . ① I25

中国版本图书馆 CIP 数据核字 (2017) 第 239039 号

出　　版：团结出版社
　　　　　（北京市东城区东皇城根南街 84 号　邮编：100006）
电　　话：（010）65228880　65244790
网　　址：http://www.tjpress.com
E-mail：65244790@163.com
经　　销：全国新华书店
印　　刷：三河市宏顺兴印刷有限公司
装　　订：三河市宏顺兴印刷有限公司

开　　本：170×240 毫米　　1/16
印　　张：14.25
字　　数：198 千字
版　　次：2017 年 10 月　第 1 版
印　　次：2017 年 10 月　第 1 次印刷

书　　号：ISBN 978-7-5126-5614-7
定　　价：39.00 元

序

前几天，和我相熟的一位朋友来电说，最近有一本描述羚锐集团董事长熊维政人生经历的书即将付梓出版，请我为该书作序。我仔细看了该书稿后，欣然答应。我与维政因事业相识，且感情笃深。他生于大别山，长于大别山，对大别山饱含深情。他虽在外多年，但他的根却始终深深植于大别山革命老区。在现代社会，像维政这样有着浓烈革命老区情怀的企业家，着实令人敬佩。我认为这本记录他人生奋斗历程之书的出版，很有意义！

鄂豫皖苏区首府河南省信阳市新县，是大别山深山区。这里是维政的家乡，也是羚锐集团的总部。三十年前，维政初弄商潮，继而下海。1992年春天，他主导信阳羚羊山制药厂与香港锐星公司合资，缔造了"羚锐"。他广纳人才、打造团队，他沐风栉雨、砥砺前行，把一个医药小品类做成了大产业，铸就了羚锐品牌！他探索山区、老区、贫困地区兴办企业之路，树立起大别山革命老区产业经济发展之示范。

豫风楚韵钟毓了维政执着之性和机变之灵，与风起云涌的改革大潮和瞬息即逝的市场机遇碰撞，淬炼成他的激情、血气和坚韧。他以做事先做人为信念，俯下身子，弃常人欲念，将自己与企业融为一体，矢志不移；其荣其辱，得失冷暖，经年累月，堪为修炼。与其说得道成功，不如说仍在路上。这是一条光明而布满荆棘之路，非苦其心志，劳其筋骨，行拂乱其所为，无以前行。

从学药、检药、制药，拓展到布局大健康产业，维政已成为业界优秀领军人物之一。他的视野和格局与时俱进，但商海风云多变，他仍面临新的挑战和种种诱惑，这难免使他拔剑四顾心茫然，心有余而力不逮。面对诸多变数的不确定性，更需要经验与数据结合，激情与理性迭加，传统偕创新共进。

非常值得高兴的是，其子熊伟学成海归，愿传承其父之志，接手操盘经营。熊伟志存高远，初当大任，业绩亮丽。辅以程剑军、李福康、张军兵等创业一代的鼎力襄助，必将蓄势勃发。此乃羚锐之幸，业界之幸。

企业一步步走向辉煌，需要企业文化的代代传承。创业者之所以成为企业家，在于他们优秀的品性与人格、过人的智商与情商、执着的精神与追求。他们为社会提供就业机会，为社会创造财富，值得大众普遍尊敬。建成小康社会和铸就中国梦，需要更多满满正能量的企业家。祝愿广大中医药企业家，不忘初心，砥砺前行，将老祖宗留下来的中医药事业发扬光大。

感谢《情满大别山》的作者以娴熟的叙事手法和朴实而又生动的文笔，为我们娓娓讲述熊维政的创业故事和医药人生。相信此书的出版能够激励新一代青年创业者们和为中医药事业奋斗的同仁们，祝福"熊老区"，祝福羚锐，愿我们的中医药事业与这个伟大的时代一起快速前行！

爰以为序。

中国工程院院士

中国中医科学院常务副院长

2017 年 10 月于北京

自　序

我是羚锐人

小时候，我很顽皮，常与比我大的伙伴们打架。因为我的个头不算高，总是赢少输多。看到我打架，母亲生气地拿着竹条追赶着打我，边追边气愤地骂道："你这个惹祸的东西！"打架总归是有原因的，当时纵然我有千万个理由，母亲总是教训我说："一个巴掌拍不响！"少不更事，我"屡败屡战"，故事总在母亲的骂声中重演。

记得九岁那年，我看见大人在田地里劳作时，不小心弄破了手，鲜血直流。我担心不已，而大人不慌不忙地在田间地头扯了几片叶子，将其揉碎，挤出绿色的汁液，敷在手上，立即就止住了血。好奇心驱使我对中草药的神奇产生了浓厚的兴趣。上中学时，我有幸结识了我的师傅陈敦榜。与陈敦榜师傅没有聊上几句中草药的事，他一下子就喜欢上了我。也许，这就是缘分。大别山崇山峻岭，草木葱茏，中草药资源非常丰富，不经意的时候，陈敦榜师傅就把我带进了大别山花花草草的世界。公社推荐我上大学时，我毫不犹豫地填报了河南中医学院。如果说在上大学之前，我算是在中医药的城堡外徘徊，那么，上了大学之后，则是推开了城堡之门，算是真正走进了中医药王国。我与中医药这个国粹不期而遇，从此结下了不解之缘。

大学毕业参加工作后，我娶了漂亮、贤惠、善良的妻子，也买了"上海"牌手表和"永久"牌自行车。我完成了我人生三大理想目标。我沉浸在无比的欢乐和幸福之中。令我没有想到的是，我又在领导的多次沟通之下，临危受命，匆匆搭上了"羚锐"这趟列车。自此，我命运的成败荣辱与这趟列车紧紧相连，我生活的喜怒哀乐与"羚锐"时刻相伴。

路不好走，时而遇见关卡，时而遇到阻塞；列车时快时慢，颠簸前行。我们笑过，哭过；希望过，失望过；憧憬过，哀怨过。这些，汇集成了羚锐人一路前行的豪迈壮歌。羚锐人披肝沥胆，百折不挠，一路高歌，砥砺前进。

不经历风雨，怎么见彩虹？羚锐人没有辜负各级领导的厚爱，没有辜负老区人民的殷切期望，也没有辜负全体羚锐人的美好愿景。羚锐人风雨同舟，团结一心，奋力拼搏，终于把这趟列车安全地开到了鲜花盛开的地方。

"羚锐"成功了，成绩是全体羚锐人的。不是我成就了羚锐，而是羚锐成就了我们；不是我成就了羚锐人，而是羚锐人成就了我。在这趟列车上，没有一个多余之人，我们每个人都有自己的工作，工作不是我们的负累，而是我们每个人的天地和江湖。

春去秋来，花开花谢。蓦然回首，在我们埋头拼搏和奋斗之时，自己的头顶上已是一方绚丽多彩的天空，身后是一片引以为豪的江湖。因为"羚锐"，我们变得成熟、睿智和坚定；因为"羚锐"，我们的思想得以解放、理念变得新潮、信心变得饱满；因为"羚锐"，我们的生活不再单调、多变和贫困。我们在工作中创造生活，在生活中高兴地工作。放眼未来，是如诗如画般的前途和美景。我们的眼前不只是苟且，还有鲜花和远方。

回望过去，一切已经成为辉煌的历史；展望未来，一切如日东升。而我，作为"羚锐"的一名老员工，即将中途下车。世上没有永不下车的旅客，天下没有不散的筵席。我将中途下车，目送呼啸而去的"羚锐列车"，为它一日千里、永远向前祈祷。

羚锐人永远是最出色的，相信你们将秉承"诚信立业、造福人类"的企业宗旨，继续发扬"团结、进取、创新、奉献"的企业精神。精诚团结，

4

敢为人先，追求卓越，持续强力推进"二次创业"，把羚锐打造成"百年品牌"和"百年老店"，不辜负各级领导和老区人民的殷切期望，为"羚锐"发展再著华章。

我思考了很久，才决定将我的工作经历整理出来，汇集成书。这并非宣扬我自己，给我个人树碑立传。我常想：企业家精神的核心应该是坚持、责任和创新。在我的人生和工作经历中，也许有一些理念和做法值得同志们参考和借鉴。如果真是这样，也算我给"羚锐列车"注入了新燃料，增添了新动力。

我是羚锐人，"羚锐"永远是我生命的符号，我为"羚锐"而骄傲，我为"羚锐"而自豪！

熊维政

2017 年夏

目　录

第一章 成长

拥抱梦想，展翅翱翔。终有一天，我们会散发光芒。

让岁月铭记我们的成长。

大别山旭日

　　巍巍大别山，绵延起伏于鄂豫皖三省交界处。大别山的名字早在三千多年前的《尚书·禹贡》中就有记载。至于大别山名字的由来，可谓众说纷纭。

　　第一种说法是相传唐朝大诗人李白当年登上了大别山最高峰白马尖（海拔1777米），观赏南北两侧的景色，发现山南山北两侧景色截然不同，不禁赞叹道："山之南山花烂漫，山之北白雪皑皑，此山大别于它山也！"大别山由此得名。

　　第二种说法来源于地缘学界。据地缘文化学者考证，现在的大别山所在地在远古时代曾是一片汪洋，大约20亿年前，由于地壳运动，这里的地面开始隆起，才逐渐形成了现在的大别山。大别山脉与西部的秦岭横亘于我国中部，连绵千余公里，是中国南北水系的分水岭。由于它分开了长江、淮河两大水系，也分开了吴国、楚国两地，从而使得南北两地的气候环境和风俗民情截然有别，所以叫做大别山。

　　第三种说法带有神话色彩。据说在洪荒之世，天地浑然一体，亿万生灵被挤压在昏暗的天地之间，后来有一座山轰然升起，用它的脊梁把苍天高高撑起，从此有了天地之分，万物生灵也得以获得光明。由于这座山分出了天和地，分出了白天和黑夜，使天地有别，便取名为大别山。

　　最后一种说法是和汉武帝有关。相传汉武帝刘彻封禅南岳天柱，途经安徽岳西县境内一座高山。因皇帝不走回头路，竟两个月未走出此山，汉武帝感慨曰："此山之大，别于天下。"大别山因而得名。

　　无论是因何种说法而得名，古往今来，沧桑巨变，大别山始终山川秀美，人杰地灵，它见证着风云的变幻、历史的演进。

江山如此多娇，从大别山区走出了无数英雄人物。一代名相孙叔敖，施教于民、布政以道，兴修水利、厉行法治，助楚庄王称霸天下；战国四公子之一的楚相春申君，开发东吴，治理水患，是上海、苏州等地的人文始祖；开漳圣王陈元光，率五弟子开发闽南，把中原文明传播到福建等地；宋朝宰相司马光，著《资治通鉴》，是中国史学界之泰斗；一代文豪何景明，为"前七子"的领袖，名播全国文坛；祖籍光州固始的郑成功将军，收复台湾，英勇抗清，是名满天下的英雄将领；明代著名医药学家李时珍，著《本草纲目》，成为世界医药学和植物学名著；清代状元、植物学家吴其浚著《植物名实图考》，成为当时的学术泰斗……

在革命战争年代，大别山地区建立了鄂豫皖革命根据地，诞生了红四方面军、红二十五军、红二十八军、新四军第四支队、新四军第五师和大别山游击队。大别山是红军的故乡、将军的摇篮。从鄂豫皖这片大别山区里走出了三百多位开国将军。

大别山的英雄儿女，在中国共产党的领导下，为了民族解放、人民独立，在推翻封建主义、帝国主义和官僚资本主义的长期革命斗争中，用鲜血和生命铸就"坚守信念、胸怀全局、团结一心、勇当前锋"的大别山精神。

战火和硝烟远去，大别山沉稳安详，大别山精神代代传承。

清晨，一轮红日从山那边喷薄而出，金黄的光辉泼洒在大别山的崇山峻岭之上。宁静的香山湖微波荡漾，湖水晶莹透彻，倒映着太阳金色的光芒，霞光万道，格外耀眼。此时，一个穿着深红色运动装的男子，沐浴着朝阳的光辉，在大别山香山湖国家登山健身步道上健步行走。他体魄强健，眼神执着，步伐坚定。走着走着，他习惯性地拿出手机打起电话，从他沉着自信的表情上可以判断，他在摆兵布阵，谋划蓝图，追赶新的太阳。他，就是羚锐集团董事长熊维政。

快乐与苦楚

在大别山深处，有个名叫熊湾的小山村，这里群山环抱，四季风景如画。一条小河从村子的右边流过，河水潺潺，常年不息。1956年农历八月初九的黄昏，伴随着袅袅炊烟升起，一阵洪亮的啼哭声划破了熊湾晴朗的天空，一个婴儿呱呱坠地。熊家添人进口，熊学义全家欢天喜地。初为人父的熊学义为自己的大儿子取名叫熊维政。那时候，熊学义在公社当公安干事。他将自己的大儿子取名叫"维政"，小儿子取名叫"维平"。

熊维政家境虽然贫穷，但他的童年是幸福和快乐的。熊湾村子前面有一个不大的土丘，在它上面长着十几棵几人合抱的大檀树。大人们叫它"檀树景"。夏天，熊维政和小伙伴们一块在树下乘凉，间或爬上高大的檀树寻找鸟窝；冬天，他和小伙伴们一块在上面滑雪，堆雪人，打雪仗。檀树景给他带来无穷的欢乐。在熊维政的记忆中，檀树景便是他儿时的天堂。

光阴如熊湾小河里的潺潺流水，转眼即逝。不知不觉，熊维政已进入学堂上小学。常言道：三岁看大，七岁看老。熊维政天资聪慧，在学校是出了名的顽皮鬼，小小年纪常常带着比自己大的伙伴玩耍，是"孩子王"。他经常带领小伙伴们干出令老师和父母"提心吊胆、心惊肉跳"的事情，让老师和父母大伤脑筋。

夏天，熊维政趁大人们睡午觉，偷偷集合一帮小伙伴去河里游泳，"走哇，游泳，逮鱼——"熊维政一呼百应，一帮小伙伴一丝不挂在他的带领下欢笑着纵身跳进小河里。"那时的河水比现在要深很多，没有被淹死，简直就是个意外。"熊维政有点后怕地说。

老师害怕自己的学生出现意外，一定会带信给学生的父母，要求监管严一些。熊维政隔三差五偷去游泳，母亲刘桂英气得拿着竹棍边骂边打，但熊维政如"狡兔"一般，转眼从母亲身旁逃走。

那时候的农村是集体所有制。大集体是靠工分分得粮食。一个家庭的劳动力多，挣得工分就多，分得的粮食也多。母亲刘桂英勤劳、善良、贤淑，是家庭的主要劳动力，她除了要照顾五个子女之外，为了养家糊口，还要拼命地劳动。熊维政还清楚地记得，每年栽秧时节，母亲天刚蒙蒙亮就起床了，直到天黑看不见人影时才回来。为了多挣工分，母亲拼命地打秧草，她手脚麻利，打得很快，一天竟然能打一千五百多斤！一次，熊维政去田间给母亲送午饭，眼看母亲瘦小的身躯，使出浑身的力气，挑着比自己体重要重很多的秧草，踉踉跄跄艰难地前行。从母亲那柔弱而坚毅的身影可以看出，母亲为了这个家庭随时愿意豁出自己的性命。此情此景，强烈震撼着熊维政幼小的心灵。

"妈，我明天不去上学了！"熊维政将书包往桌子上一甩，说道。

母亲刘桂英吃惊道："你不上学，你想搞么事呀？"

"帮你挣工分呀，多挣工分，我和弟弟妹妹不就能吃饱饭，你就不会这么累了嘛。"

刘桂英一把将熊维政搂在怀里，眼泪夺眶而出，"儿呀，你还小，现在要好好读书，读书才有出息，等你有出息了，长大了再帮妈妈干活。"

要为家庭做点什么的想法一直憋在熊维政这个小小少年的心中。他再也不带领小伙伴们东奔西跑，干逃学的事了。星期天，他和大人们一起上山砍柴。他很卖力，砍的柴禾除了供家里做饭之外，还有富余。熊维政瞒着父母跟随大人们偷偷将柴禾挑到集市上去卖。

从熊湾到八里畈街有十八里山路。山路蜿蜒曲折，崎岖难行。熊维政如大人一样，挑着一担柴禾艰难地行走。走着走着，他掉队了，他实在是挑不动了，肩膀被磨出血泡，钻心地疼痛。他有点后悔，不该凭一腔热血跟着大人们挑柴赶集。"维政，搞快点！"一个大人在前面喊。

熊维政眼冒金花，步履踉跄，一下瘫倒在地上。走在前面的大人浑然不知。瞬间，他似乎看到了母亲，挑着秧草吃力地走在田埂上。"我坚决不能倒下！"熊维政强打精神，咬紧牙关从地上爬起来，挑着柴禾继续往八里畈街上一步一步艰难地走去。

柴禾并不好卖，有人趁机压低价钱。有的卖柴者脾气不好，索性将柴禾靠在街道的墙根上，自己坐在地上吸闷烟。一不留神，太阳当顶，肚子开始咕咕叫。卖家永远拗不过狡猾的买家。最后，还是便宜地将柴禾卖掉了事。熊维政如大人们一样，将柴禾靠在八里畈卫生院门口的墙根上。他体力透支太大，不知不觉靠在墙根上睡着了。迷迷糊糊，他听见有人在叫："小伢，你的柴禾卖不卖呀？"

"卖，卖！"熊维政从地上爬起来，看见一个干部模样的人看着他，在笑。

"多少钱呀？"那人问。

"不过秤，一担两毛钱。"

"我还是第一次见到这么小的伢卖柴禾，一次挑了这么两大捆，好，就两毛钱。"干部模样的人吆喝卫生院里的一个小青年将柴禾挑进去，自己从口袋里掏出两毛钱给了熊维政。

那是 1970 年的秋天，熊维政刚刚年满 14 岁。

"这算是我今生第一次的生意，卖到两毛钱，我当时很高兴，这钱对我来讲已经不少了。"熊维政坐在池塘边，兴高采烈地说，这时，他的鱼上钩了，"后来，我才知道，那天买我柴禾的人是八里畈卫生院的肖院长。"

熊维政怀揣着这两毛钱去八里畈新华书店，买了一本《西游记》。他坐在书店门口的台阶上，如饥似渴地阅读起来……他十分羡慕《西游记》里的大师兄孙悟空，降魔除妖，一个筋斗十万八千里，一会儿似雄鹰在天空畅游，一会儿如蛟龙在龙宫翻腾。后来，他又跟随大人们赶集卖柴，用卖柴的钱又在八里畈新华书店买了《三国演义》《水浒传》等古典名著。

上小学五年级时，正赶上大队合并上初中。熊维政被合并在熊湾大队阳山抗大中学上初中。初中毕业，由于熊维政学习成绩好，学校推荐四个人去沙窝公社上高中，他便是其中之一。其他同学初中毕业后，纷纷回家务农。去沙窝公社上高中，对熊维政来讲是人生的一个转折点。

人送外号"小药王"

在沙窝上高中的学生来自各个村级中学，大部分同学都是学习好才被推荐来的。初来乍到，熊维政感觉沙窝高中要比阳山抗大中学大很多。他好奇地在沙窝中学四周转了几圈。虽然熊湾和沙窝都是大别山的深山区，但熊维政感到沙窝的地势开阔很多，有种豁然开朗的感觉。隐隐约约，他总觉得有一股激情和冲动在心里暗流，似乎是季节的到来，树枝要爆裂发芽一般。

熊维政经过学校大门口时，一个男子主动与他搭讪："你是哪个公社的？学校比村中学大些吧？"熊维政驻足一看，是个约莫五十多岁个子瘦高的男子，笑眯眯地看着自己。

"我是周河公社熊湾大队的，沙窝高中当然比阳山抗大中学大啊。"熊维政礼貌地回答道。

后来熊维政得知那人是学校的门卫，老师和同学们都喊他"陈师傅"，陈师傅的名字叫陈敦榜。

陈师傅热情、和蔼、直爽，乐于助人。他与同学们和教师之间的友谊如同亲兄弟一般。有时，学生家长送米来学校，正赶上学生在上课，陈师傅主动将学生家长领到学校后勤处去交米，然后将饭票一两不少地交给学生。老师家里有什么要出力的事，他积极帮忙，从不讲价钱。门卫室是同学们的聚集点，下课时，同学们三三两两聚集在门卫室和他聊天，天南海北，高谈阔论。他的热水瓶里从不断开水，同学们吃完饭后，随时来门卫室喝上一口。

一天，熊维政吃完午饭，在陈师傅门卫室喝水，陈师傅说："你周河公社熊湾，我去过。"

"你去过熊湾？干什么啊？"熊维政好奇地问。

"挖草药啊，熊湾山上的草药品种多，品质好。"陈师傅说。

提起中草药，熊维政如数家珍："不错，我们熊湾山上有乌头、野生天麻、野生灵芝、茯苓、杜仲、茱萸、蛇蜕、七叶一枝花、野菊花、头痛花……"

陈师傅诧异道："你怎么认识这么多中草药？"

"小时候，我们整天在山上玩耍，我对花花草草感兴趣，没有不认识的中草药，没有叫不出的树名。"

陈敦榜眼睛盯着熊维政，内心有种莫名的高兴。他说："维政，我们有共同的兴趣和爱好，我不仅知道中草药的名字，还了解它们的药性，还会用这些药给他人治病呢。"

"真的，你了不起啊！"

"那当然。"

"好呀，要不您收我为徒，我拜您为师？"

"好哇，我当然愿意！"

就这样，熊维政在沙窝读高中时，拜陈敦榜为师。"师傅在课余时间教会我认识很多我原来不知道的中草药，给我讲解它们的药性，常常带我去给别人治病。由于我在这方面有爱好，有兴趣，我对中草药的理解进步很快。那时，我想，掌握了许多中草药的药性，我也可以为别人治病，解除别人的痛苦。我躁动不安的心就可以静下来，实实在在地做点事情了。"熊维政颇有点激动地说。

熊维政学会中医治病的消息在学校算是个不小的新闻。消息不胫而走。陈敦榜不时地夸奖熊维政悟性高，是个学习中医药的好苗子。同学们无不以羡慕的眼神看着他，见面直呼"小药王"，不再叫他的名字。为此，熊维政感到了无与伦比的荣光。

有一次，陈师傅让熊维政给病人送药，熊维政刚刚出校门，恰好碰见初中的一个同学。一阵寒暄之后，那位同学向他借小说看。熊维政随即转身去寝室拿小说。这时，陈师傅在门卫室大喊："维政，你干什么？"熊维政回答说回寝室一趟。没想到，陈师傅大发雷霆："给病人送药一秒钟耽误不得！你有什么重要的事比人的性命还重要啊，赶快送药去！""那时，我以为送个药，早点晚点没有多大个事。可陈师傅的训斥使我懂得了，时间就是生命的道理。"熊维政说。

"小药王"不只是懂得中草药，他在学习上也非常下功夫。他比较擅长数学。高中二年级期末考试，全班只有熊维政等三个同学数学成绩及格。校长除口头表扬他外，还特意安排学习委员在黑板报上画一个学生拿着数学课本正在学习的图像，图像下面写着"熊维政"的名字。

冬去春回，高中两年转瞬即逝。熊维政以优异的成绩毕业。那时还没有恢复高考，上大学都是由大队和公社推荐。熊维政虽然一次次做着大学梦，但时势变幻无常，一切都存在阴差阳错的变数，一切都只能随遇而安。

"上高中，除了学习文化知识，我最大的收获就是认识了师傅陈敦榜，还学到了不少中医药常识，深刻理解了在治病救人上，时间就是生命的道理。"熊维政毋庸置疑地说。

推荐上大学

　　高中毕业，熊维政回到熊湾务农。此时，他已是名副其实的壮劳力。为了减轻家庭负担，父亲熊学义辞去了公社公安干事职务，也回家务农。为了多挣工分，熊维政早出晚归努力地干活。

　　一天下午，熊维政正在田里干活，有人在田埂上喊："维政，陈师傅让我给你带信，问你愿不愿意去县里给他帮忙，要愿意，这两天你就去，不愿意就算了。"

　　从毕业到现在已经有一年半的时间没有见到师傅了，没有与师傅一起上山采药、给人治病。熊维政当然想去。可是，这个家里又需要他这个壮劳力。家里的的确确需要他，离不开他。他不想让父母亲超负荷地操劳。去不去县里，熊维政犹豫不决。

　　母亲刘桂英看穿了儿子熊维政的心思。第二天晚饭后，父母亲将他叫到客厅，母亲语重心长地说："维政啊，我和你大知道你的想法，你走了，家里缺少劳动力，害怕我们在家受苦。可中医药是你的爱好，去吧，去做你喜欢的事，家里不用你操心，有你大和我呢。"

　　"哥，去吧，家里还有我们呢，你上高中时，我们在家里不是好好的吗。"弟弟妹妹纷纷劝说。

　　夜晚，熊维政辗转反侧难以入眠。他一闭上眼睛，就看见那些花花草草的中草药在风中摇曳，看见师傅陈敦榜在躬身挖药，师傅在半山腰回首张望，似乎在召唤他。熊维政前思后想，他还是坚信一个道理：走出去，做自己喜欢的事情，也许将来能为家庭作出更大的贡献。次日，他告别父母亲和弟弟妹妹，独自一人背着行囊，走出了周河熊湾闭塞的山村。

熊湾至县城的路程并不远，但山间公路蜿蜒崎岖，班车一路颠簸前行，到达县城已近中午。熊维政到县卫生局，才知道师傅陈敦榜上山采药去了。这是他第一次到县城，县城当然比沙窝公社要大许多。他舍不得花钱买饭吃，一股脑地从生产街到民主街再到解放路来回地转悠。黄昏时刻，熊维政等候在卫生局门口，远远望见，师傅背着一筐中草药朝门口走来，他急忙迎了上去，叫一声："师傅！"

陈敦榜激动得将药筐撂到一旁，一把将熊维政拥抱起来，"维政，我知道你就会来。"师傅陈敦榜的手不停地在熊维政的肩膀上拍打着。

新县卫生局聘请陈敦榜对大别山区尤其是新县区域内的中草药进行普查，采挖中草药，制作中草药标本，并记录每味中草药的别名、来源、原植物、性味、功能主治、用法用量和选方等。陈敦榜对熊维政说，中草药是我国的国宝，它和西医有着本质的区别。西医治标不治本，中医治本治标，有些病用西医来治，也可能打一个星期的针都不会好，如果用中草药来治，就用一种草药敷一敷说不定就治好了。中草药就是山上的东西，比西药要便宜很多。在我国民间有许许多多单方，简单管用，能治大病，这些都是国家的宝贝，在我们这代人手上不能让它失传了，我们有责任把它整理出来，传承下去。没有来之前，熊维政不知道帮助师傅做什么，听了师傅的一席话，他感觉这项工作使命光荣，意义重大。他激动不已，浑身充满力量。

熊维政跟随师傅陈敦榜白天跋山涉水搜寻中草药，夜晚不辞辛苦制作中草药标本，撰写每味药材的情况说明。师徒俩走遍了新县大部分公社的山山水水，记录每味药材的主产地。他们自带干粮，渴了，就喝一口山涧水；累了，就席地休息。"你不来，我一个人，没有个帮手，连一个说话的人都没有，我真的有可能半途而废，或者我根本做不到这么认真。"陈敦榜对熊维政说。

找不到欲寻找的药材，他们失落不已；发现一味想寻找的药材，他们欣喜若狂。虽然每天都累得筋疲力尽，但他们很充实很快乐。

一天，熊维政和师傅陈敦榜在陈店公社细吴大队采药。夜晚，细吴大队部，在昏暗的煤油灯下，他们将白天采回的中草药制作成植物标本。熊维政按照师傅的要求，撰写每味草药的原植物形态、来源、药性等说明。突然，隔壁的电话铃响了，熊维政慌忙过去接电话："喂！请问你找谁？"电话那边说他是陈店公社卫生院的，问熊维政在不在，熊维政暗地吃惊道："找他搞么事？我就是熊维政。"那人在电话那头笑了几下，说："真凑巧，电话一打就找着你了。嗯——今天下午，你湾的熊学礼打来电话，说你家里有事，让你明天回家去。"

放下电话，熊维政心里忐忑不安。那时母亲有病，他担心母亲病情加重，出了什么事情。夜晚，他躺在床上翻来覆去无法安睡。师傅陈敦榜安慰他说："不要管我，你明天搭早班车回去，家里的事情要紧。"

第二天清晨，熊维政搭车返回县城，他慌忙去卫生局防疫站打电话给他二佬熊学礼，问家里到底出了什么事情。熊学礼吃惊地说没出什么事情呀，你不知道是推荐你上大学的事吗？他们没有告诉你吗？熊维政如释重负。电话转了几道弯，把内容传失真了。"哎呀，原来是这事，我在这里跟师傅挖药很好，上大学就不去了。"熊维政说。

"已经把你推荐到公社去了，你不去的话，回来跟公社当面说说，你这伢真不懂事！"熊学礼急忙说。

熊维政犹豫不决，放下电话出门碰到防疫站的卜万纯。"小熊，有心事呀？"卜万纯关心地问。

熊维政磨磨叽叽地说："嗯，嗯——大队推荐我去上大学，我不想去。"

"这是好事啊，怎么不去啊，你傻啊！"卜万纯高兴地说。

熊维政说："我现在跟师傅普查中草药，我觉得很好。"

"上大学对你来讲是人生的大事，比你帮助师傅挖药的前途宽广得多呀，退一万步讲，讨不到官有秀才，讨不到米有布袋。"卜万纯说道。

有梦想的人才渴望到大山外去看海。其实，熊维政何尝不想去上大学，成为天之骄子而受众人仰慕呢；何尝不想看风起云涌的大海潮起潮落，日落日出呢。可他担心，如果中途他走了，师傅一个人形单影只，没有一个好的帮手，怎么能完成中草药普查这件大事呢？他执拗地认为：

宁愿放弃上大学的机会，也不能让师傅失望！

卜万纯看懂了熊维政的心思，劝说道："维政呀，你放心地去吧，你师傅不会责怪你的，他不会因为自己的事耽误你的前途，他一定会很好地完成中草药普查工作任务的，别担心，他那里我回头给他做工作。"

卜万纯的一席话，让熊维政心头轻松了不少。于是，他坐上班车赶回熊湾村。

"你怎么才回来！"母亲刘桂英在焦急的等待中埋怨道："村里已经把你推荐到公社去了，公社打电话让你下午去一趟，你上高中学习就很好，你要好好表现，不能给我们村丢人。"

下午，来自各村的推荐对象共五十人聚集在周河公社破旧的会议室里。文教助理手拿一个笔记本，缓缓走进会议室，在主席台上坐下来。他干咳两声，明知故问："人都到齐了吗？"台下也没有人搭理他，他说：现在开会。根据国家政策，本次推荐到公社里的人，不一定都有机会去上大学，我们还要看看他们是否有真才实学，也就是要把把关。现在请大家发言，谈谈对上大学的认识。

推荐对象每个人都要发言。熊维政心中牢记母亲的嘱咐，几次举手要求发言，文教助理示意熊维政坐下。他想，他申报的是河南中医学院（现为河南中医药大学）中药专业，五十个人中只有他一个人申报，几次举手想发言，文教助理不让，自己肯定是没戏了。正在这时，文教助理喊他的名字说："熊维政，你们村推荐信上说，你高中的学习成绩很好，现在，你发个言吧，把你放在最后发言，你没有意见吧？"

"没有，没有。"熊维政诚惶诚恐。他从座位上站起来，表达了对村领导、公社领导关心厚爱的感谢，具体说的是什么，现在已经随风逝去。

第一次走出山门

　　1975年10月，熊维政从熊湾走出那闭塞的小山村，第一次乘火车来到繁华的省会郑州。推荐上河南中医学院的学生来自全省各地，家庭有穷有富，年龄大小不一，口音南腔北调。"这才是真正意义的上学，就像一下子跳进了大海，把我融入到不同性格不同习惯的大环境中，开始有很多地方不太适应，通过和同学间的接触与磨合，使我开阔了眼界，学会了接纳新事物，更重要的是学会了包容。"熊维政边走边说。

　　父亲熊学义身体孱弱，家庭仍然十分困难。熊维政姊妹五人，都要穿衣吃饭。父母实在拿不出钱供他上学。临走时，父亲东借西凑给了他十块钱，说："维政，先拿着，不够，我再给你寄来。"面对家庭的困境和第一次要远离父母，熊维政情不自禁默默流出了眼泪。

　　熊维政的二佬熊学礼在新县外贸工作。熊维政每次开学临走时，熊学礼都给他五块钱，让他在学校安心学习。在河南中医学院，以家庭困难为标准，困难的学生每月发五块钱的助学金。熊维政是班里唯一一个吃了三年助学金的学生。

　　困难阻挡不住熊维政乐观向上的进取精神。"小药王"原本对中医药特别感兴趣，有很好的基础，但他仍然刻苦钻研，课外时间一直泡在图书馆里，广泛涉猎中医药知识。

　　熊维政喜欢唱歌，同学们送他外号叫"小郭兰英"。在寝室里，去教室和饭堂的路上，他总是旁若无人高唱《在那桃花盛开的地方》。一曲唱完，男同学拍手叫好："'小郭兰英'，再来一个！"

　　女同学嘻嘻地笑："'小郭兰英'，敢不敢和我对唱夫妻双双把家还呀？"

熊维政高兴地反问："去我家还是去你家呀？"

有同学叫道："哪儿都别去，饭堂开饭了！"

同学们哄堂大笑起来。

熊维政在郑州上大学的消息，十里八乡的人都知道。他父母亲和弟弟妹妹为此感到无比荣耀。因此，前来他家提亲的人也不少，但都被他的父母亲婉言谢绝。因为小时候，熊维政的爷爷给他订了个娃娃亲，她比熊维政大点。还在懵懂时，也不知道什么缘由，熊维政就不愿意，表示反抗。父亲熊学义气得大骂熊维政不懂事，拿着竹棍追打他，每每此时，熊维政则一溜烟地跑走。女孩的妈妈特别喜欢熊维政，很想成就这门姻缘。暑假，熊维政回家，母亲郑重地告诉他说："知道你上大学了，有不少人上门提亲，都被我和你大回绝了，你爷给你订的亲不能不算数，我们家不能不讲信用。"

熊维政告诉母亲："姻缘要两厢情愿，我们之间没有感情基础，也没有什么共同语言，这事不是讲不讲信用的问题，是关系我和她个人的幸福问题，以后不要再提了。"

母亲无奈，长叹一声："你什么都听话，就是这件事不听话。"

"不是我不听你和我大的话，也不是因为我上大学看不起人家，更不是人家不好，我们各有各的命运，常言道，自古姻缘由天定。"熊维政劝母亲说。

"三年的大学生活的确令人难忘，在大学里我结识了很多要好的同学，学到了自己喜欢的中医药理论知识，开阔了眼界；和同学们之间的交流，各种思想相互碰撞，思维变得活跃起来。"熊维政喝了一口茶说，"工欲善其事，必先利其器。我学习的中医药知识为我以后的工作打下了坚实的基础，我的工作虽然有变动，但都与中医药有关。一个人如果发扬工匠精神，一生只做一件事，必定会把这件事做大做强做精。"

熊维政是"社来社去"大学毕业生。所谓"社来社去"毕业生，就是国家没有分配指标，不包分配，从哪个公社上的大学，毕业后仍然回到那个公社里去，回到原来的地方去拿工分，国家不发工资。如果要想参加国家分配，就必须参加考试。熊维政毕业那年，正赶上国家有政策，中医药事业后继乏人，为了继承和发扬中医药事业，国家要从"社来社去"大学毕业生中挑选人才，从事这项工作。

国家分配 25 个指标，熊维政这个班级"社来社去"的学生共 40 个人参加考试。熊维政报考中药栽培专业，这是他的强项。结果，他以优异的成绩考上了。不久，他就被分配到县药检所当了国家干部。

梦想与激情

因为有梦，居住在大山深处的人才可能去看海。梦不是梦幻，是一种隐隐约约的寄托和对未来的展望；因为有梦，才有了如今的登月和探险。改变世界的不是技术，而是技术背后的梦想。熊维政实现了从地地道道的农民到令人羡慕的国家干部的华丽蜕变。熊湾出了一位国家干部是一件值得骄傲的事情。熊湾里每一个人及熊维政的父母亲和弟弟妹妹为此感到无比光荣。憋在熊维政心中"要在中医药事业上做点贡献"的一股劲儿终于找到了很好的出口和平台。"实话实说，作为一个农村的孩子，能当上国家干部，真的不敢想。我原来只是想，学到了中医药知识，做个中医，为他人看病，解除病痛，就算是实现了我的理想抱负。在县城工作，并且吃上了商品粮，确实令很多人羡慕。"熊维政在健身步道上边走边说。

熊维政高高兴兴到药检所报到上班时，着实让他大吃一惊。药检所办公条件艰苦，更不要说有职工宿舍。他被临时安排在卫生局的打字室里住宿。打字室里放了一张简陋的床和一张带抽屉的老掉牙的桌子，这里既成了熊维政的办公室，又是他的寝室。没想到条件竟然如此艰苦！熊维政心想。但他心里是快乐的，每天早晨起床，他依然唱着《在那桃花盛开的地方》，活力迸发，激情四射。

熊维政从同事朱峰达那里找来有关药检所的宣传资料和有关方面的书籍，独自一人研读。

经过深思熟虑，熊维政提出药检所的工作方式，就两个字"主动"。即主动宣传、主动出击、主动服务。通过主动宣传，让社会知道药检所的工作性质；主动出击，走出去，变被动为主动；主动服务，帮助医院、诊所做好药品检验，防止伪劣药品进入医院和诊所，保证患者用上安全药放心药，维护患者的健康权益。

熊维政眉飞色舞，汇报自己的想法。同事朱峰达和徐国华听后十分高兴，夸奖道："大学生就是不一样啊，有想法，有干劲，有激情，很好！你的三个主动，能打开药检所的工作局面。好呀，明天我们去县医院主动帮助他们抽检药品……"

县医院面对突如其来的主动上门服务的药检干部，既诧异又高兴，院长激动地说："应该我们主动把药品送给你们检验，可你们主动上门了，是我们被动落后了啊。"

药检所的工作就这样主动地红红火火地开展了起来。当时，纪凤林是县卫生局秘书，很欣赏熊维政的才华，他们经常在一起聊天，熊维政总是古今中外、天南海北侃侃而谈。县卫生局的杜局长、张局长和防疫站的张站长也都非常喜欢他这个来自农村的大学生，在工作和生活上给予了熊维政很多关照。

每天清晨，饱含激情的歌声准时响起——

在那桃花盛开的地方

有我可爱的故乡

桃树倒映在明净的水面

桃林环抱着秀丽的村庄

……

熊维政兴致勃勃，拿着扫帚开始打扫卫生，边扫边唱。从单位走廊、楼梯到院子，一直扫到单位门前的马路上去。他认为自己在单位最年轻，这是应该做的，没有什么分内分外之分。他热爱这个单位，热爱自己的工作，一点都不觉得累。看着打扫得干干净净的院子和走廊，熊维政很开心，有种胜利感。

那时候，熊维政除了想干一番事业外，他的人生还有三个奋斗目标：

一是一定要找一个吃商品粮的老婆，最好是长得漂亮的；二是一定要买一块手表，最好是"上海"牌的；三是一定要买一辆自行车，最好是"永久"牌的。他骑着"永久"牌自行车，戴着"上海"牌手表，自行车后座上坐着又漂亮又是吃商品粮的老婆。在当时，如果这三个目标都能够实现，那简直是光荣至极，牛气冲天了。

参加工作后不久，熊维政人生的第一个目标差点就实现了。师傅陈敦榜给他介绍了一个女朋友。她是吃商品粮的，人长得也蛮漂亮。显然符合熊维政的第一个人生奋斗目标。他们见了面，双方彼此都满意。初恋像初春阳光一般温暖而美好，他们沉浸在爱情的甜美和幸福之中。

可熊维政是个激情四射、交际广泛而躁动不安的人。夜晚，男女同学在一起交流，谈天说地。他的女朋友也常常参加他们同学间的聚会。聚会时谈论的内容大多集中在大学时光里有趣的人和事。时间久了，他的女朋友感觉有些格格不入。熊维政和女同学多说了几句话，她就怀疑他们之间关系暧昧，就生气不理他。慢慢地他们之间的关系淡漠起来。熊维政去她家找她，她有时故意避而不见。最后，这姑娘把熊维政给甩了。

熊维政的这段感情经历是我采访别人时挖掘出来的。在我采访他时，他没有提及此事。当我问起这件事的时候，他顿了一下说："是有这回事。我们之间性格不同，婚姻要顺其自然，不能勉强。"

当上药检所所长

　　是金子总会发光。药检所的工作在熊维政的积极推动下，逐渐开展起来。熊维政由一般干部升任药检所副所长，然后又升任所长。拿现在来说，熊维政是公务员，但现在的食品和药品监督的机构规格要高得多，队伍也庞大得多，这些都是国家为了维护食品和药品安全，保护老百姓生活和就医发展的需要。

　　1987年，31岁的熊维政当上了药检所所长。上任后，熊维政主动到省市药检部门汇报、申请，请求无偿支援药物检验设备，领导被他的真诚和敬业精神所打动，无偿支援了一批药物检验设备。药检所在所长熊维政的带领下，开始搞大批量的药品检验。在检验中，如果发现假冒伪劣药品，给被检验单位说明情况，然后把所有的假冒伪劣药品收集在一起，集中销毁。

　　在销毁假冒伪劣药品的过程中，熊维政主动请县卫生局和主管卫生的县领导同志参加，他亲自率领药检所的同志们将假药堆在小潢河的河滩上，然后浇上柴油，请县领导点火烧毁。县领导对药检所的做法给予了高度赞扬，称赞药检所职能作用发挥得很好，为老百姓办好事，办实事。

　　熊维政将新县药检所的做法以简报的形式报给地区药检所，地区药检所在全地区转发了新县的做法，要求各县药检所向新县药检所学习。当年，新县药检所被评为"信阳地区先进药检所"。

　　"那时的新县，闭塞、贫穷、落后，有'一个灯泡照全城，一个喇叭响全城，一根纸烟转全城'之说。我们药检所能被评为全地区先进药检所，那是一件很了不起的事，县领导十分高兴，认为我们为他们争了光。"

熊维政骄傲地说。

　　除了搞药物检验，药检所还拓展新业务。他们开始在全县搞防疫调查。熊维政选择一个小队，深入小队针对个人卫生、集体卫生、饮食卫生、预防注射、卫生宣传教育等几个方面进行个人问答，开座谈会，现场调查，按统一表格进行问答登记。以点带面，为预防群体性疾病提供第一手资料。这一做法，上报到地区药检所后，地区药检所领导给予了充分肯定，称赞熊维政敢于开拓创新，是药检部门的优秀人才。

第二章

生命中响亮的音符

人生是一曲悠扬婉转的乐章，而最响亮的音符，一定由生命中最重要的人弹奏。

母亲刘桂英

　　熊湾大概有二十多户人家，整个湾子除了一户杂姓外，其余都姓熊。据历史记载，宋末元初，熊公天一之次子熊公宏二自湖北麻城迁至熊湾。自此，熊姓在此繁衍生息。熊湾坐东朝西，一条小河在熊湾面前从右向左流淌，流至湾的左侧后折身向后流去。小河四季清澈见底，流水不断。

　　早年，熊刘两家因家境贫寒，两家商量换亲。于是，刘桂英来到了熊家，与熊学义结为夫妻。和千千万万的普通家庭一样，在家庭里，父亲熊学义主外，母亲刘桂英主内。1956年农历八月初九黄昏，母亲刘桂英生了她的大儿子，父亲熊学义为他取名叫熊维政。

　　在我国传统的家庭中，母亲虽然不是核心，但她往往起着比核心更为重要的作用。母亲的言谈举止和所作所为，往往决定着一个家庭的兴衰成败和子女的前途命运。

　　母亲在，家就在。母亲刘桂英勤劳善良，为了家庭起早贪黑，不停地忙碌，拼命地干活。她手脚利索，一天就能打一千五百多斤秧草，比一个壮劳力打得还要多。母亲刘桂英个子不高，每次都是用了洪荒之力才担起一百多斤的秧草，踉踉跄跄地前行。湾邻劝她一次少担一点，她总是笑着说，没么事，我担得动。在大集体的年月，有了粮食，心里就有了底气。生产队分粮食，全凭工分的多少。因为母亲刘桂英的勤劳，熊维政家分得的粮食并不比别人家少。

　　在生产队干活很累，可母亲刘桂英在生活上从不马虎。她把三个儿子和两个女儿收拾得干干净净，利利索索。那时候，计划经济，物资匮乏，母亲刘桂英自己总是省吃俭用，算计着过日子。但每逢过节的时候，她总是把公婆接到家里团聚，想方设法弄一些好吃的。即使实在是太忙了，她也煮些好吃的，送到公婆那里去。孩子们眼巴巴地看着，母亲刘桂英此时总说一句话，你爷年纪大了，辛苦一辈子，先让你爷吃。熊维政在家是老大，似乎听明白了什么，总是带头不吵不闹，叫喊弟弟妹妹们出去玩耍。母亲刘桂英的善良和贤惠，在熊维政和弟弟妹妹心中扎下了根。

在熊维政的记忆中，母亲刘桂英从没有和湾邻红过脸，吵过架。母亲与人为善，乐善好施，湾邻四舍都很尊重她。别人家有困难的时候，尽管自己家十分困难，但母亲总是力所能及地伸出援手。有钱的时候，就拿出一点钱；没有钱的时候，就出把力，搭把劲。母亲刘桂英帮助他人从不计回报，她经常对熊维政说，帮助别人渡过难关，就是为自己下辈子和儿女们积德。帮助人家，不能图回报；要想图回报，那就是心想歪了，也积不了德了。

母亲刘桂英身体力行，在湾里，赢得了最好的人缘。农闲时，湾邻都喜欢到她家串门，纳凉或烤火，拉家常，说说笑笑。每年过年，湾邻们都来她家拜年，送一些祝福的话语。此时，刘桂英总是说些感谢的话，与湾邻笑成一片，平添了节日的喜庆气氛。

熊维政在熊湾大队阳山抗大中学初中毕业后，被学校推荐到沙窝公社上高中。第一次要离开父母亲去沙窝高中住校上学，母亲刘桂英有几分不舍。临开学，母亲把熊维政平日穿的几件破了的衣裳缝补好，收拾在黄挂包里，送他去大路口搭车。母亲一路走一路嘱咐他在学校要听老师的话，和同学们搞好关系，吃饱饭，好好学习……父亲熊学义沉默不语，提着黄挂包，跟在他们身后。班车卷起尘土，鸣着响亮的喇叭颠簸而至。父亲一手提着黄挂包，一手紧紧拉住儿子熊维政，他们一同使劲挤上了班车。

上班和结婚之后，熊维政每年都抽出时间回家看望父母亲，母亲总是不停地问寒问暖，嘱咐他在单位要用心工作，在家里要好好对待汤艳芳，等等，并反复说：没有时间就不用回来看我们，我们在家都很好，不用你多操心。

有一次，熊维政在百泉开药品销售工作会。开会第一天，他发现搞销售工作的熊维平竟然没有来，直到第二天才到会。在会上，熊维政把熊维平劈头盖脸批评一顿。熊维政生气地质问："我问你，这么重要的会议你为什么不参加？"

　　弟弟熊维平默默地流泪，委屈地说："二娘过世了。"

　　"啊？！"熊维政惊愕道，"我二娘过世了，你为什么不告诉我！"

　　"我大我妈不让我告诉你，怕影响你的工作。"熊维平抽泣着说。

　　听了弟弟熊维平的话，熊维政心里十分难过，沉默良久，自责不已。

　　那年春天，母亲刘桂英打红藤，不小心一脚踩空滚下山坎摔断了手臂。这时，熊维政已经是羚锐公司董事长，弟弟妹妹们都说，哥哥在县里认识医生，县里医疗条件也好些，都要打电话让哥哥熊维政回来，把母亲接到县里治疗。母亲刘桂英坚决阻止，忍痛说：我这没有多大事，到乡里请个医生，用夹板绑两个月就好了，维政现在很忙，不要影响他的工作。你们都去干自己的事，我自己能够自理，还有你大照顾我，放心，没事。此时，熊维政远在北京，组织领导筹建羚锐北京药物研究院的各项工作。直到母亲的手臂痊愈之后，弟弟妹妹们才告诉他这件事。

　　熊维政的愧疚之情难以言表，他独自一人躲在办公室里黯然神伤，默默地流泪。

　　自此以后，熊维政每次出差回新县，无论工作再忙，时间再晚，他都回家住上一个晚上，看看父母亲。

　　除了小时候淘气之外，熊维政只做过一次让母亲真正生气的事。2011年大约10月份，羚锐集团在商城汤泉池开会。会上，董事长熊维政决定，将熊维平从销售总经理的位置上撤换下来。面对突然的决定，熊维平一点思想准备也没有。散会后，熊维平回到新县的家里，十分委屈地对母亲说：不让我干销售老总，我什么都不干了，离开羚锐我照样能干得很好！熊维平是熊维政的小弟，母亲的小儿子。母亲疼爱小儿子是顺理成章的事。母亲刘桂英听了熊维平的话后，当时简直无法接受，她非常恼火：为什么不让维平干？就这么把他开除了？是他干得不好吗？

气愤的母亲收拾衣物要回熊湾去单独居住。熊维政解释说：维平干得很好，他没有犯错，公司也没有开除他，这些年他一直干得很好。但是，为了公司的发展，还有人比他干得更好，比他更懂得销售经营。母亲不顾熊维政的劝说，执意要回老家。这时，熊维政的妻子汤艳芳"扑通"一下跪在婆婆的面前，说：不管熊维政的做法对不对，您不能回熊湾去，您回去了，我们照顾不了您！汤艳芳在婆婆面前长跪不起，刘桂英泪流满面，熊维政的妹妹扶着母亲坐下，扶起嫂子汤艳芳。妹妹也不停地给母亲做工作。很快，母亲刘桂英想通了，她觉得熊维政说得对，不是他不让维平做销售，山外有山，人外有人。为了公司的长远发展，还有比小儿子维平干得更好的人，也应该让更有能力的人干。

"一个是家庭的事情，一个是集团的事情，都怪我，没有提前做好工作，我应该先告诉弟弟和母亲，让他们有个缓冲的时间。"熊维政仍然有些后悔，不禁抹着眼泪说。

师傅陈敦榜

　　1973 年 5 月的一天中午，天气已经炎热起来。吃完午饭，人好像没有长骨头，浑身软绵绵的。熊维政躺在寝室睡午觉，半梦半醒中听到有人在寝室外叫他，维政，你出来，有事！熊维政睡意正浓，没有理会叫声又接着睡着了。突然，他感到有人猛然拉了他一把，睁眼一看是师傅陈敦榜。走，搞快点，去挖草药！熊维政听说挖草药，当然很乐意，一下子就来了精神，睡意全无，从床上蹦了起来。

　　师傅陈敦榜在前面疾步走，熊维政紧随其后。陈敦榜说：学校旁边老张的孙子发高烧，两天一夜没有退，米水不进，在公社卫生院打了三针，一点不见效，老张急得团团转，求我去给他孙子挖点草药，维政呀，偏方能治大病。

　　他们来到稻田边，师傅睁大双眼寻找着草药，似雄鹰搜寻猎物一般。陈敦榜大汗淋漓，挖着草药，然后递给熊维政说：这叫车前草，清热利尿，消炎拔毒。车前草熊维政也认得，也知道它有清热的性味功能。陈敦榜说：先把这味药煎水，让老张的孙子喝着，然后我再给他开点中药，让他去街上买。

　　他们火速从田间赶回，老张看见草药是蛤蟆叶，惊咤地说：就这，见效吗？陈敦榜肯定地说：见效，你别急，先把这些蛤蟆叶煎水喝。接着，他顺手从作业本上撕下一张纸，写了三味中药：蚕砂、竹茹和陈皮。他说，让人去街上买，回来用水煎三分钟左右就可以服用了，喝两到三次就可见效。

　　老张七上八下的心落地了，非要挽留他们在家里吃晚饭。陈敦榜幽默地说，现在吃晚饭太早了，吃午饭太晚了。我们要回学校去，他要上课，我要守门。

第二天中午吃完午饭，熊维政和几个同学又到陈敦榜的值班室喝开水。熊维政问陈敦榜，师傅，您昨天给老张家开的药方是不是单方，陈敦榜说，也算是。接着他又解释，蚕砂又叫做蚕矢，就是蚕的粪便，有祛风活血、燥湿止泻和胃化浊的作用，能缓解由于感冒引起的头痛和全身疼痛等不适；竹茹，就是竹子的中间层，把竹子最外面一层绿色的皮刮掉，露出里边青白色的部分，把它一条条刮下来晾干就是中药竹茹了。竹茹的作用主要是清热化痰、除烦止呕；陈皮大家都不陌生，它既能解表、温中、散寒，又能温胃、止吐、缓解消化不良。竹茹是偏凉的，配上温性的陈皮，寒热就平衡了。

师傅陈敦榜为了治病救人，经常早出晚归给他人挖草药。他强调说，治病救人，那是天大的事，一秒钟都不能耽误。熊维政有时间，陈敦榜就带着熊维政，借着挖草药的机会，教他辨认中草药，给他讲各种中草药的药性。陈敦榜给别人治病，从不收药费，也不要别人的任何东西。他说，山上生长的东西，用来给人治病，也没有花什么本钱，就是花个时间工夫。

医者仁心，能治病救人，帮助他人解除病痛，就是积德。在师傅陈敦榜的教导下，熊维政渐渐认识了几百种中草药，并了解它们的药性，还学会了许多治病的单方。陈敦榜时常在同学面前表扬熊维政，夸奖他对中草药有灵性，简直是个"小药王"。每每此时，同学们用羡慕的眼神看着熊维政。"小药王"的外号在同学们当中和当地渐渐传开。

时光如梭。转眼熊维政高中毕业了，时值1973年春天。这时候还没有恢复高考，推荐上大学也毫无消息。熊维政只能回到熊湾务农。母亲刘桂英说，回来就好，有一双手，又有文化，还怕没有饭吃？那时候的农村还是大集体，还没有实行家庭联产承包责任制，是靠挣工分吃饭，熊维政心无旁骛，安下心来在家里帮助父母亲干农活，挣工分。

后来，熊维政跟随师傅陈敦榜在县卫生局搞中草药普查。与师傅陈敦榜一起挖草药十分辛苦，他们为了找到一味草药，往往要翻山越岭，步行十几公里。中午就吃点自带的干粮，渴了就捧山涧水喝上几口。风霜雪雨，烈日炎炎。尽管很累很辛苦，但他们以苦为乐，从不计较。

师傅陈敦榜说，中草药是我国的国宝，有几千年的辉煌历史，从伏羲神农尝百草，到李时珍的《本草纲目》流传至今，中草药为老百姓医治百病，有的草药既是药，又是食物，吃东西都能治病，可见我国的中药内涵博大精深。

从医德为先。我们要把病人当成自己的亲人，把为病人治病当成给自己治病。师傅陈敦榜常常这样教导熊维政。

师傅陈敦榜没有干过惊天动地的事。但他总是让熊维政以最快的速度把药送到病人手中，每次都分文不取，实在是不好推辞，就只收草药的成本费。病人为了感谢他，经常给他送一些鸡蛋、猪肉等农副产品，他每次都坚决谢绝。他淡淡地说，人生在世，谁还没有一点难处呢。

是雄鹰就要搏击广阔的苍穹，是蛟龙就会征服无边的大海。师傅陈敦榜把熊维政带进了中医药的王国，教导熊维政遵循医者的品德。因为这个原因，熊维政与中医药结下了不解之缘。致使他在被推荐上大学时，"小药王"毫不犹豫地填报了河南中医学院。有了"小药王"的基础，熊维政在上大学时，始终成绩突出，成为一名优秀的中医药大学生。

熊维政牢记师傅的谆谆教诲，做人德为先。每到逢年过节，不管多忙或者有多么重要的事，他都带着礼品去拜见他的师傅陈敦榜，和师傅说说话，问寒问暖。如今，师傅溘然长逝，每年清明节，熊维政都要给师傅扫墓，风雨无阻，始终如一。

和汤艳芳的幸福时光

1980 年，熊维政 24 岁，这个年龄在当时算是大龄青年。个人的婚姻问题没有解决，犹如青春期贫血，熊维政在工作之余，总觉得缺少点什么，心里隐隐有股烦躁和焦虑感。

这年夏天，朱峰达说："给你介绍个对象怎么样？"熊维政当然很高兴。他瞪大眼睛，问朱峰达："她是不是吃商品粮的？"朱峰达不屑一顾："人家不嫌弃你，算是你老坟长蒿子了！"

新县建行与药检所对门，之间隔着一条不算宽的马路。建行一楼的房子租给县缝纫社做缝纫。朱峰达说她是缝纫社工人时姨的大女儿，叫汤艳芳，在县农机修造厂上班，长得很漂亮，朱峰达把个"很"字说得很重。

朱峰达这么一说，熊维政显得有些迫不及待。汤艳芳上班要经过小潢河大桥，熊维政邀朱峰达："明天中午下班之前我们在桥上等着，偷偷看看汤艳芳怎么样？"朱峰达点头同意。

熊维政激动得像打了兴奋剂。可熊维政和朱峰达在大桥上等到中午 12 点多，只看见桥下悠悠不息的流水，连汤艳芳的影子也没有见着。一连三天中午，他们都在大桥上来回徘徊，期待汤艳芳从桥那边走过来，但每次都让他们失望。熊维政在心里无数次勾画着汤艳芳的情影。没有看见她，他的魂魄却被小潢河的流水带走，心中无比失落和惆怅。

不久，在朱峰达的催促下，缝纫社的孙姨安排熊维政和汤艳芳见面。一个周日的上午，孙姨带领熊维政去汤艳芳家。她说："维政，你要不卑不亢，落落大方。汤艳芳是个好闺女，又漂亮又贤惠。"熊维政心里七上八下，害怕表现不好，让汤艳芳看不上，让孙姨失望。熊维政提着一袋水果，跟在孙姨的身后，忐忑地进了汤艳芳的家门。"我从小到大就没有害怕过什么，从进门开始，我的心就提到嗓子眼上了，心里的的确确好紧张，也许是期待有多大担心就有多大的缘故。"熊维政从座位上站起来说。

第一眼看见汤艳芳，熊维政的心咯噔了一下，汤艳芳和他脑海里勾画的模样如出一辙：一双扑闪扑闪的大眼睛，乌黑浓密的秀发，扎着两条大辫子，适中的身材，不胖不瘦，不高不矮。熊维政激动地说："到现在我还记得，汤艳芳当时穿着一件白色的确良短褂，黑色绵绸裤子，一双黑色平绒平底布鞋。她坐在她妈妈身边不吭声。看上去很文静，简直漂亮极了。"熊维政情不自禁地偷看汤艳芳，汤艳芳不好意思直视熊维政，只是用眼睛的余光偷偷地瞄他。偶尔四目相撞，彼此赶紧将目光闪开。汤艳芳的母亲时姨笑逐颜开，不停地让熊维政吃水果、喝茶，问这问那。

孙姨在时姨面前不停地夸奖熊维政："听朱峰达说，维政是大学生，有文化，懂礼貌，又勤快，单位的同事都非常喜欢他，将来肯定有发展前途！"孙姨说话简短明快。时姨笑眯眯的，和蔼可亲，时不时盯着熊维政看。熊维政紧张的情绪霎那间烟消云散。

坐了一会，孙姨看了看手表说："哟，时间不早了，回去了。"路上，孙姨问熊维政："汤艳芳这闺女怎么样啊？"

"很好，谢谢您，孙姨。"熊维政激动地说，接着他又担心地问："她愿意不？"

孙姨不紧不慢地说："不要急，她家要商量的，得等汤家的口信。"熊维政的心一下子又提到了嗓子眼上。"不过，时姨挺喜欢你的。她知道你每天唱歌，欢欢喜喜地扫马路。她就在缝纫社上班，天天都看见你。时姨托我问问你有没有对象，我就问朱峰达，他说没有，我就说给你介绍对象。"

孙姨接着说："汤艳芳是个懂事的孩子，又漂亮又能干，她天天帮她妈妈干活，将来一定能操持好家庭，是个好媳妇。"

听了孙姨的话，熊维政心里一阵窃喜。

可是，三天过去，汤家没有回口信，熊维政焦急万分。

在潜意识里，熊维政感觉到汤家会接纳他。早晨，他依然激情满怀，依然乐此不疲抱着扫帚更加卖力地扫地，一边扫一边高歌"在那桃花盛开的地方"。扫到建行一楼缝纫社门前的马路，熊维政格外地用心，打扫一遍又一遍。用熊维政自己的话说，马路干净得能在地上打滚儿。

第四天上午，熊维政在焦急中终于等到了汤家的消息。朱峰达眉开眼笑，非要让熊维政请客，熊维政知道肯定是好消息，他说："好啊，不管同意不同意，真的应该好好请你一顿。"

"孙姨刚刚来说，时姨全家对你印象不错，同意你和汤艳芳交往！"朱峰达在熊维政的屁股上拍一把。

熊维政高兴地从凳子上蹦起来："真的，答应了，太好了！"

"别高兴得太早，只是答应和你交往，你要好好表现，除了热心扫大街之外，还要好好对待汤艳芳，还要去汤家多干活。"朱峰达提醒熊维政说。

"谢谢，谢谢！干活我是一把好手。"熊维政的心里有只小鹿在突突乱撞，血压猛然升高一下子蹿到了头顶，步履陡然变得十分轻盈，好像踩在软绵绵的云彩上。"在那桃花盛开的地方，有我可爱的故乡，桃树倒映在明净的水面，桃林环抱着秀丽的村庄……"熊维政情不自禁地唱起来。

汤艳芳很保守，不经常出来和熊维政见面。熊维政为了见到她，对汤艳芳撒谎："我会包饺子。"汤艳芳瞪大眼睛，惊讶地问："是真的还是假的啊？"

熊维政充满自信地说："你不信啊，要不，这个星期天就去你家包给你看看！"

星期天，汤家忙活包饺子。汤家除了汤艳芳含羞得扭扭捏捏之外，其余的人都很高兴，全家呈现一片欢乐的气氛。第一次要去汤艳芳家露一手，熊维政特别地小心谨慎，生怕做错了什么或是说错了什么话，惹得汤艳芳不高兴。汤艳芳的父亲坐在桌子旁泡茶，往白色的大茶壶里倒刚刚烧开的开水。茶泡好了，给熊维政倒一杯，"来，维政，喝茶。"汤艳芳的母亲忙着拌饺子馅，边拌边让汤艳芳去和面，汤艳芳不好意思，磨蹭着不愿去。于是，她妹妹跑过来嬉笑着说，姐姐，赶快和面呀，你再不去，我就去了。汤艳芳翘起嘴角，似笑非笑，"滚一边去！"妹妹笑着跑走了。

包饺子是眼睛头上的活，这是熊维政第一次包饺子，虽然包得歪歪唧唧，却也勉强能糊弄过去。到汤艳芳家包饺子，熊维政尝到了甜头，既能利用包饺子之便，和汤艳芳多说话，又可以吃到香喷喷的饺子，真是一举两得的事情。"那时我们的伙食很差，菜里没有多少的油水，有时一个星期都吃不上一顿肉，能在她家吃上一顿美味的饺子，已经是非常奢侈的事了。现在，我已经吃不到当年那样味道的饺子了。"熊维政的思绪穿透时空，回到了从前，脸上泛起幸福的光芒。

并不是每个星期天都去汤家包饺子，那只是隔三差五的事情。熊维政看见汤艳芳家里堆着一堆柴禾，对汤艳芳说："我从小就上山砍柴禾，锯柴禾，星期天我帮你家锯柴禾怎样？"汤艳芳当然很乐意，一双大眼睛直盯着熊维政，笑了笑说："好呀，你包饺子包得歪了吧唧，我看你锯柴禾能锯个什么名堂，星期天你早点来啊。"

提起砍柴锯柴，熊维政轻车熟路，他曾经为此感到十分的光荣。小时候，熊维政在熊湾砍柴禾属于首屈一指的人物，不仅速度快，而且都砍的是好烧的柴禾。大人们望着熊维政背着一大捆柴禾回家，每每以羡慕的口吻批评教育自家的孩子："你看人家熊维政，砍多大一捆柴禾，你就不能学学他呀，就记得贪玩，好吃懒做！"

母亲刘桂英心疼儿子，总是说："没有那大的腿就不能穿那大的裤子，做任何事情都得量力而行。"生怕熊维政背重了柴禾压坏了身子。父亲熊学义知道儿子坚强，他在湾里炫耀："我维政背的一捆柴禾我都背不起来。"说完，脸上充满了自豪感。"小时候，没有觉得什么是累，总觉得浑身有使不完的力气，总认为自己多做点，能为家庭减轻点负担。到汤家锯柴禾，拿现在时髦的名词就叫'锯柴搭台，恋爱唱戏。'"熊维政点燃一支烟，吐出一个圆圆的烟圈，烟圈在空气中慢慢弥漫开去。

相对包饺子而言，锯柴禾，是熊维政的拿手好戏。但熊维政想：一下子不能锯得太多，够一个星期做饭用就可以了，不然下一个星期天就没有去汤艳芳家的理由了。汤艳芳帮熊维政把锯好的柴禾一根一根地捡起来堆放在柴棚里，她不时地嘱咐熊维政慢点，注意安全，叫他歇歇再干。熊维政擦把汗，坐在板凳上歇息，与汤艳芳说话。他给汤艳芳讲与师傅陈敦榜一块挖草药给人治病的故事："师傅为了给人治病，无偿上山给别人挖草药，让我连夜送到病人家中。师傅说，治病一秒钟的时间都不能耽误。耽误一秒钟事关病人的生死。师傅给人治病，从不收一分钱。病人得到了及时的救治，为了感谢师傅，给师傅送鸡蛋、猪肉等东西，师傅坚决不要，让他们拿回去自己吃。"

熊维政转过头，指着路旁的植物说："你看，这就是草药，能治病。"他接着给汤艳芳介绍植物的名字、药性、功能主治，在新县哪些地方生长最多，等等。汤艳芳专心致志地听着，惊讶地问："你怎么知道这草药哪些地方生长得最多啊？"

熊维政骄傲地说："我跟师傅一块搞过中草药普查呀！"汤艳芳眨巴着大眼睛，一副佩服的神情，不禁又问，腿摔出血了，用什么止血之类的问题。这是熊维政的专业，这些问题对熊维政来讲是小儿科，他对答如流。接着，熊维政自豪地告诉汤艳芳一些民间单方，说："单方能治大病，这就是我国中草药神奇和伟大的地方。"汤艳芳听得津津有味，对熊维政的敬佩之情溢于言表。

临近年关，母亲刘桂英带信给熊维政，一定把汤艳芳带回老家过年。母亲的想法正合他以及弟弟妹妹的心愿。但熊维政没有把握，试探着问汤艳芳："今年去我家过年吧？我大我妈都想见你。"汤艳芳穿着红色对襟棉袄，背着手摇晃着身子，眼睛盯着熊维政，犹豫不决的样子。熊维政猜测她八成是同意了。

阴历年关转眼即到，有些一头城或家在农村的干部职工过了小年就回农村老家了。熊维政过了小年就无所事事。按照规矩，汤艳芳只能在大年三十那天才能去熊维政家。熊维政知道，如果要求汤艳芳提前去熊湾，即使她父母同意，汤艳芳也不会同意，说了也白搭，说不定还落得个"图谋不轨"的名声。

熊维政独自一人待在打字室里无事可做，心不在焉地翻着书，虽然有点无聊，但内心充满期待。

夜已深，熊维政无法安睡，除了激动之外，他还时刻关注着收音机里播送的天气预报。天气预报说江淮地区明天局部有雨夹雪。他很担心，如果明天下雨或是下雪了，他的等待将前功尽弃。深邃的夜空，始终是一片黑暗，根本没有发现星星和月亮的丁点踪影，他的心里一点点紧张起来。

庆幸的是，大年三十那天，天气虽有些阴沉，但没有下雨或下雪的征兆。清晨，熊维政带上昨天买的水果，去了汤艳芳家。汤艳芳的母亲时姨还是笑眯眯的，看样子是在门口等候熊维政，"维政来了啊，来就来了，就别带东西，快到屋里坐。"熊维政鞠躬道："汤叔时姨过年好，给您们拜年！"汤叔示意让熊维政坐下，然后干咳了两声，他对汤艳芳的房间喊了一声："维政来了！"

熊维政第一眼看见的是放在廊檐的那辆"永久"牌自行车，自行车被擦得油光发亮，熊维政不由得朝它多瞅了几眼。汤艳芳刚刚起床，头发显得有点蓬乱。她洗漱完毕，到熊维政身旁坐下："你怎么来这么早啊？我们吃完早饭再走吧？"熊维政兴奋地说："好，不过我们要早点走，去熊湾的路有那么远。"汤艳芳"嗯"了一声，又说："你去看看自行车，检查一下，我昨天让他们打满了气。"

此时，距离县城近 30 公里之外的熊湾，在熊维政的家里，父亲熊学义和母亲刘桂英的心情比熊维政还要激动。弟弟妹妹都穿着大年初一才能穿的新衣裳，他们在湾里有意散布"嫂子要来过年、她是城里的人"

的消息。湾邻个个都羡慕不已,有的不时出门张望熊维政家里的动静。父亲熊学义一遍一遍地擦着方桌和椅子,生怕什么地方留有灰尘的死角。母亲小心谨慎地洗菜、切肉、刮鱼鳞,唯恐蔬菜洗得不干净,鱼鳞刮得不到位,肉块切得不匀称。熊家倾其所有准备着年饭。盼星星盼月亮一般,盼望着儿媳妇汤艳芳的到来。

熊维政在汤家吃完早饭,汤艳芳在自己房间里梳妆打扮一番后,直到半晌午他们才出发。汤艳芳扎着两条粗辫子,穿着时髦的红色对襟小棉袄,坐在"永久"牌自行车的后架上,熊维政带着汤艳芳沿着蜿蜒曲折的马路前行。

他们边走边谈论着,熊维政幽默的谈吐引得汤艳芳在车后面不停地哈哈大笑。"具体谈些什么,现在已经记不起来了。"熊维政依然兴奋地说,"骑到上坡时,汤艳芳要下车,怕我骑不上去,我硬是不让她下来,我要在她面前展现我的力量。我身子前倾,屁股离开座位,站起来,用力踩着脚踏板。心情高兴就会迸发无穷的力量。牛筋岭那么陡的山坡,我一会就骑上去了。下坡时,我让她抱住我的腰,以免自行车颠簸把她甩下来了,她羞涩地只揪着我的衣服,就是不抱我。没有办法,想想从谈恋爱到结婚,我们就没有牵过手。有一次,我想牵她的手,她不愿意,说,等老了,还怕没有机会牵手吗。"

走到平路时,熊维政欢快地唱起了"在那桃花盛开的地方"。

弟弟妹妹站在门口焦急地等待,不时地抬头遥望。熊维政累得气喘吁吁,满头大汗。中午时分他们才到熊湾。弟弟妹妹惊喜地转身跑进屋里喊道:"我哥和我嫂子回来了!"父亲母亲慌慌忙忙跑出来迎接。父亲咧着嘴笑着说,回来了,快到屋里坐。母亲激动得半天说不出话来,眼睛直盯着汤艳芳看,手不停地在围裙上擦来擦去。这时,弟弟妹妹忙着将饭菜端上方桌,准备吃年饭。

恋爱是甜蜜和幸福的。熊维政和汤艳芳彼此度过简朴而美好的欢乐时光。汤艳芳没有嫌弃熊维政出身农村,家境贫寒,她愿意与熊维政同甘共苦,共度一生。1982年,电影"庐山恋"风靡全国,令相爱的青年男女趋之若鹜。熊维政决定与汤艳芳旅游结婚，他带着汤艳芳坐上绿皮火车去了很多青年男女神往的庐山，演绎他们的庐山恋情。时年熊维政26岁，汤艳芳25岁。

"我与汤艳芳的故事，我之所以要讲这么多，讲这么细，反反复复，不厌其烦，是因为我要感谢我的岳父岳母，是他们不顾我家与他家门不当，户不对，不嫌弃我出身农村，家境贫寒，将汤艳芳嫁给我，是他们给予我人生的安乐和幸福；我要十分感谢汤艳芳，是她在背后默默无闻，以磐石般的信任，毫不动摇地支持我的工作并且无怨无悔地操持整个家庭，她为我养育了一个优秀的儿子，给予了我人生最大的希望，最大的骄傲！"熊维政动情地说。

信任如磐

日子在平静而满足中慢慢流淌。那时，熊维政住在新县粮食局车队。住房虽然很窄而且破旧，但汤艳芳把房间整理得井井有条，舒适温馨；经济虽然不太宽裕，但汤艳芳悉心理财，把日子过得有滋有味。熊维政骑着"永久"牌自行车送汤艳芳去单位上班，下班接汤艳芳一起回家做饭。"你耕田来我织布，我挑水来你浇园。"夫唱妇随，甜蜜幸福……美好安逸的时光，似是初春的阳光，照在心里清爽而温暖。

1984年12月17日，一声哄亮的啼哭，给熊维政的家庭带来无比的欢乐。熊维政与汤艳芳有了爱情的结晶，儿子熊伟降生。看着儿子眨巴着一对炯炯有神的大眼睛，不时地将手指放在嘴里吮吸，不停地蹬着双腿，那活泼可爱的小样儿，熊维政心里如喝蜜一般地幸福。

随着儿子的降生，也带来了忙碌。熊维政除了正常上下班，其余的时间在锅碗瓢盆和照护儿子的忙碌中幸福地流过。然而，日子并非一帆风顺。在儿子熊伟哺乳期间，汤艳芳感冒发高烧，因为没有得到及时的治疗，进而引发鼻炎。同时，高烧烧退了她的乳汁。儿子嗷嗷待哺，汤艳芳只好用米粉和麦片喂养他。那时，熊维政的父母亲还在农村，没有人照顾汤艳芳。汤艳芳娘家也有很多的事情，她只能咬紧牙关坚持自己照护儿子，实在疲劳不堪，只能偶尔将儿子熊伟送到娘家去，让姥爷姥姥帮助照护一下。

"再苦再难的日子，咬咬牙就会挺过去。"汤艳芳时常这么说。她的鼻炎越来越严重，鼻炎引发头疼已经严重影响她正常生活。无奈，她被迫去医院做手术。可在临做手术时，熊维政有重要的公务急着要出差，他左右为难，不知如何是好。汤艳芳安慰他说："你放心地去吧，我一个人可以，不是还有医护人员吗？"

当熊维政草草办完公务赶往医院时，汤艳芳已经做完了手术。汤艳芳的鼻子塞着药棉，脸色苍白，头发蓬乱，独自一人躺在病床上。熊维政揪心一般的难过。他扶起妻子，连连道歉："对不起，让你受苦了。"汤艳芳若无其事地说："这不是个什么事，我一个人能应付得了。"

棉絮塞在鼻子里，让汤艳芳呼吸困难，她说，已经有几天了，可能也快好了，让熊维政帮助将棉絮扯下来。当熊维政小心翼翼帮她从鼻子上扯掉棉絮时，血猛然"呼"地一下流了出来，瞬间，血染红了汤艳芳的衣裳。熊维政的眼泪也"哗"地流下来……

小时候的熊伟如他爸爸熊维政一样，对事物充满好奇心。大概熊伟八九岁的时候，有一次，在粮食局车队汽车修理厂，一辆汽车正在地沟上维修。熊伟好奇地想看汽车底下到底有什么东西，当他趴在地上想看个究竟时，不料，一下子掉下地沟，被摔得号啕大哭。熊维政责怪儿子不听话，不小心，拉起儿子熊伟就打。汤艳芳听到是熊维政在打儿子，连忙跑出来制止："小伢摔跤正常，凭什么要打他！""叫他别在这里玩，他就是不听。"熊维政气愤地说。于是，他们你一来我一往，话赶话，在修理厂门前，大吵了一架。

"现在想想真不该和汤艳芳吵架，也不该打儿子，是我不对，好奇好玩是每一个小孩子的天性。"熊维政抱歉地说。

汤艳芳大度无私，令熊维政非常佩服。"一个男人要想成就一番事业，必须要有一个和谐的家庭，有一个勇于担当、大度无私的妻子。"熊维政如是说。

一天，已经是羚锐公司董事长的熊维政在北京出差，夜晚，他刚刚入睡，突然，汤艳芳来电话："你给我回来！"就这一句话，未等熊维政问明原委，电话就挂断了。熊维政将电话打回去，汤艳芳不接。一整夜，熊维政躺在床上思前想后：家里到底出了什么事？他无法入眠。第二天清晨，熊维政准备买飞机票赶回新县，这时，汤艳芳又打来电话："有事你忙！"熊维政抓住时机赶忙问："到底出了什么事？""都是你的儿子不听话，气死我了！"说完，汤艳芳又挂断了电话。家里没有发生什么大事，熊维政心中的一块石头方才落地。原来，男孩儿在青春期都有逆反心理，熊伟在家里不听妈妈汤艳芳的话，处处事事与母亲作对，把汤艳芳气得伤心地流泪。汤艳芳被气得没有办法，禁不住给熊维政打电话出出气。

正如熊维政所言：汤艳芳对我的信任坚如磐石。这给熊维政莫大的支持和安慰。2001 至 2004 年，熊维政在北京大学光华管理学院读 EMBA。同学们问熊维政有几个孩子，搞企业的人也有浪漫的情怀，熊维政说有两个，一个是儿子，另一个是企业。然而不知从哪里吹来的风，有人说，熊维政在北大学习的时候又找了一个漂亮的女朋友，并且有了孩子。一传十，十传百，越传越变味，在新县可谓满城风雨。万众瞩目的熊维政一时间成为人们茶余饭后的谈资。有人为熊维政辩驳，但很多人不相信。唯一不相信传言的就是汤艳芳，但她从来没有问过熊维政，有人当面问汤艳芳有没有这回事，她总是一笑而过。还有人对她说，你们已经离婚了，你还跟他一块散步，真是个傻子！

汤艳芳的母亲自然也听到了传言，她很担心，每天都给汤艳芳打电话，在电话里也不说什么。熊维政对汤艳芳说："这是问你，安慰你的。你不说，她当然也不好说什么。"熊维政害怕传言影响正在武汉读书的儿子熊伟，与汤艳芳商量，去武汉给儿子说明情况。坐在熊伟面前，熊维政试探着问："你最近听说了什么吗？"熊伟没有正面回答，他说："我相信你。"

"信任就是责任，她信任你，你就应该尊重她，用心爱她，家和万事兴。"熊维政认真地说。汤艳芳对熊维政的信任，是因为她相信爱情。有一首歌叫"因为爱情"，这样唱道——

因为爱情，不会轻易悲伤
所以一切都是幸福的模样

因为爱情，简单的生长

依然随时可以为你疯狂

因为爱情，怎么会有沧桑

所以我们还是年轻的模样

因为爱情，在那个地方

依然还有人在那里游荡人来人往

1996年年底，因为羚锐公司完成工业产值六千多万元，实现利税一千七百多万元，在全国中药工业五十强中，综合经济指标排名第十三位，人均利税排名第十一位。羚锐公司取得令人瞩目的成绩，新县县委政府奖励熊维政个人一万元奖金。这是熊维政个人得到的第一笔奖金。但他没有将奖金装入个人腰包，他看到乡村中小学办学条件仍然很差，就与汤艳芳商量，将这一万元奖金捐给学校，改善办学条件。汤艳芳毫不犹豫地答应了。于是，熊维政将奖金悉数捐给了陈店乡胡子石小学。

帮助别人，快乐自己。汤艳芳如婆婆刘桂英一样，乐善好施。她说，在力所能及的情况下帮助他人，是积善。周河乡熊湾村建希望小学，熊维政慷慨解囊，主动捐资10万元，得到了汤艳芳毫不犹豫的支持。汤艳芳对熊维政说："你捐款，我都同意，只要我们有饭吃就可以了。我们捐出去的每一笔钱，也许不是很大的数目，但对需要的人来讲，就是很大的事情。"

第三章

搏击商海

每个人年轻的时候都亲手转动过命运的车轮，从这车轮里迟早会转出一生中的大事件。

临危受命

1986年，国家开始实施有计划、有组织扶贫开发。设立了扶贫开发专门机构，评定国定贫困县和省定贫困县，制定与我国国情和发展阶段相适应的扶贫开发方针，明确了阶段性扶贫开发目标，把扶贫开发作为脱贫致富的主要途径，鼓励和帮助贫困地区通过自身努力摆脱贫困。此次，河南省新县被评定为国家级贫困县。

1988年，在国家科委大别山扶贫开发团的扶持下，新县依靠25.8万元科技扶贫贷款创办了一个科技扶贫企业——河南省信阳羚羊山制药厂，由国家科委四川重庆科技情报所与新县箭厂河乡联办，药厂由重庆方面承包经营，工人是农民合同制工人，多半是革命烈士的后代和贫困户子女。

羚羊山制药厂主要生产销售虎骨麝香止痛膏。1990年的时候，重庆制药九厂承包期即将期满，人要撤走。新县县委县政府需要物色人选到羚羊山制药厂工作，接替重庆制药九厂人员继续进行生产经营。当时，全县懂中医药的干部并不多。新县县委就派人和熊维政谈，动员熊维政去羚羊山制药厂工作。就这样熊维政毅然走上了羚羊山制药厂副厂长岗位。一头扎进无边无际前途未卜的商海里。熊维政虽然感到压力很大，但他勇于接受挑战，他想：既然答应了，就要一往无前，就要有担当精神，就要硬着头皮朝前走，不到长城不罢休！

金鳞岂是池中物，一遇风云便化龙。1991年农历二月初二，龙抬头那天，熊维政去了羚羊山制药厂，任副厂长，负责专业技术和开发新产品工作。县里共去了熊维政、杨志奇和陈良志三个人。厂长是姜维平，四川人。当时县里担心工厂效益不好，特别交代熊维政可以继续在药检所领工资。但他从去工厂那个月起就没有在药检所领工资，他把自己置身于羚羊山制药厂全体员工之中，与全体员工捆绑在一起，同呼吸共命运。

熊维政上任不久便很快进入角色，他以工厂为家，一头扎进企业中，紧锣密鼓地组织进行企业升级、标准化建设、开发新产品等各项工作。由于厂房低矮狭窄，满足不了工厂生产的需要。在工厂班子会上，熊维政建议贷款重新建设厂房。他的提议，讨论结果是"以后再议"，未得到赞成。

1991 年底，在熊维政等班子成员和全体员工的共同奋斗下，羚羊山制药厂工业生产总值达 600 万元，利税 100 万元。新县县委政府召开祝捷大会，表扬羚羊山制药厂取得空前的好效益。县委书记徐富贵、县长胡焕河在会上发表了热情洋溢的讲话，号召全县干部职工向羚羊山制药厂学习。羚羊山制药厂名声大噪，已经成为全县的大企业，与新县酒厂、新县化肥厂和新县大理石厂齐名。

横刀立马

1992 年 7 月 1 日，合同到期，四川人正式撤走。由于熊维政在任副厂长时，潜心钻研业务，责任心强，经常不耻下问，到车间学习，与员工们打成一片，具有很强的凝集力和感召力。新县经贸委主任王文金向县长胡焕河汇报，建议由熊维政接任羚羊山制药厂厂长，副厂长仍由杨志奇和陈良志担任。

熊维政接任厂长后，因为他在大学学习的是中医药专业，对营销管理一窍不通，甚至看不懂财务报表。不懂，他就向同志们学习，向书本学习。他从王文金那里借来《如何当好厂长》一书，从财务处拿来一张财务报表，夜晚在家学习，出差在车上研究。"我真没有想到让我当厂长，宣布我当厂长时，我愣了半天。从副厂长到厂长角色的转换，意味着从战斗员到指挥官，意味着我将怎么带领我们的队伍，把我们的队伍带到哪里去。所以，不懂经营管理是不行的。我感到责任重大，如履薄冰，害怕翻车。但我思想上有股信念，让我干我就干，我一定要干好！"熊维政充满自信地说。

按照双方协议，羚羊山制药厂应该给四川的利润和提成九十多万元。那时销售回款率较低，当时，厂里一下子拿不出那么多钱。按照协议，可以分批付给他们。但熊维政为了让他们走得放心，在银行贷款一百万元，将四川应得的利润和提成一次性结清。他诚恳地告诉厂领导成员："四川人是来帮助我们办企业的，帮助我们脱贫致富。他们让我们学习到了拼搏、进取、不达目的不收兵的精神，他们给我们带来了市场经济和先进的企业管理经验，我们应该感谢他们，不应该拖欠他们应得的利益。"

四川的管理人员姜维平、张晓红、谭永庆、张其位、姜维益、何铁润、江丽等都撤走了。熊维政想：管理人员撤走无妨，如果他们的销售人员都撤走了，那就意味着他们将销售市场也带走了。产品如果失去了市场，将直接影响企业的生存和发展。熊维政发现，四川人做销售要比新县本地人强得多，一是四川人的销售理念要先进，二是四川人销售经验要成熟。熊维政在当副厂长时，与四川的销售员雷雨关系比较好，而雷雨每年的销售业绩都名列前茅。他决定做雷雨的工作，请他留下来，任副厂长，负责产品销售。

熊维政单刀直入："雷雨，请你留下来，帮助我们做销售。"

"可我们的合同期限到了啊，人都要撤走呀？"显然，雷雨没有想到熊维政厂长请他留下来。

"你们响应国家扶贫号召，帮助我们建起了工厂，在你们的苦心经营下，工厂效益很好。目前，我们的人员没有销售经验，你们都撤走了，无异于工厂倒闭，那就全盘否定了你们辛辛苦苦的扶贫成果。所以，我真心希望你能留下来，任副厂长，帮助我们组建一支过硬的销售队伍。"熊维政递给雷雨一支烟，帮他点燃。

雷雨十分佩服熊维政埋头苦干的工作干劲、锲而不舍的工作精神、包容豁达的人格魅力。熊维政情真意切的挽留，雷雨无法推辞，他的心动摇了："好，我答应你，熊厂长。"

熊维政起身一把握住雷雨的手，激动地说："谢谢，谢谢！我们一块干，把销售搞上去！"

羚羊山制药厂正式移交给新县单方面管理经营后，各级领导对制药厂都很关心，同时社会上有些人担心四川人员走后，制药厂是否还能经营好，管理好，会不会走下坡路。熊维政敏锐地觉察到这些关心和担心，他决定在全厂开展全员性大讨论，充分发挥集体的力量和智慧，请员工"把脉"，集体"会诊"。

在大讨论中，全厂员工一致认为：一是工厂管理要做到顺利交接，生产经营要做到稳步增长。要正视现实，奋力拼搏。提出能者上，庸

情满大别山
QING MAN DA BIE SHAN

者下，领导职务不设铁交椅，形成一种竞争机制，使全体员工心往一处想，劲往一处使，全心全意为企业效力；工厂不给铁饭碗，干走双向选择，要使职工有一种危机感，激发人人奋发向上的事业心；不发铁工资，多劳多得。促使员工提高积极性，促进各项工作的开展。二是要抓住机遇，促使销售工作跃上新台阶。稳定老市场，开辟新客户，实现四川人走后，销售市场的顺利交接；原材料多渠道购进，采取货比三家，在符合入库质量标准的前提下，保持原材料的市场低价进货。强化定额管理，加上工艺规范日趋成熟和完善，在优等品率和可信度大幅上升的同时，物耗和能耗都要有所下降。狠抓小改小革，促进增收节支。在认真搞好本职工作的同时，利用业余时间，对切片机进行改造，既提高设备的利用率，又降低成品料的费耗，一年可为厂节余三至四万元。三是确保产品质量，注重新产品开发，靠科技增强企业后劲。一个企业，要让产品在竞争激烈的市场占有一席之地。首先要拿出自己的高质量的"拳头"产品。树立"以质量拓宽市场，靠质量提高效益"的经营方针，同时依靠科技研发新产品，增强企业后劲。强化职工的质量意识，杜绝劣质产品流入市场，不断增强质量意识和法制观念，树立质量是效益的前提，质量是企业生存发展的保证的思想；正确处理好质量和产量、质量和效益的关系，在保证质量的基础上求产量，宁愿停产也要合格的包装，仍要坚持质量第一的原则；严格把关，狠抓生产、经营过程中的质量管理。把好原材料购进关，对某些原材料，不仅要求高等级，还要求高信誉。其次，在整个生产过程中，严格质量管理，强调两个控制。即：通过实践摸索影响产品质量诸要素，把投料、生产时间、速度、温度、压力等控制在最佳点，根据产品生产工艺流程，建立23个质量控制点，严格每一道工序质量；领导带头，全员努力，要在工厂内形成"企业至上"的思想。

通过大讨论，认真总结了过去的经营经验，找出了目前存在的差距，明确了今后努力的方向；重新讨论制定了设立质量、安全、销售奖等30多项经营管理制度和细则。统一了认识，鼓舞了士气，树立了信心，凝集了力量。全厂员工以饱满的热情和不竭的干劲,争创一流管理、一流效益和一流的产品质量。这一做法,得到了县领导的认可和支持,在十月份,信阳地区召开企业三项制度改革经验交流会上,熊维政代表羚羊山制药厂介绍了经验。移交前半年,产值低于往年同期,而移交后,仅7月21日至9月6日一个半月,就完成工业产值50.6万元,占全年累计完成数的14.6%;销售收入完成69.8万元,占全年累计实现额的18.3%。按平均利润率计算,实现利润17.2万元,占年累计实现利润率的18.4%;签订有效合同2 000余件,合同金额达68万元,产值、利润分别比去年同期增长15.2%和16.8%。

销售是企业发展的龙头。没有销售,企业是无源之水,无本之木。为了不让销售工作脱节,熊维政采取内外结合的方式"招兵买马"。他先后从医药、经委系统选调专业销售人员四人,从车间内抽调五人,除雷雨外,他还聘请留用四川原有专业能力强、有丰富销售经验者一人,组成一支能吃苦耐劳、业务过硬的专业销售队伍。

兵熊熊一个,将熊熊一窝。在雷雨副厂长的传、帮、带下,半年时间,全体销售人员带着每人50万元的销售任务,早出晚归,风餐露宿,历经千辛万苦,踏遍千山万水,走进千家万户。他们长期奔跑在外,从不叫一声苦,不叫一声累。由于销售队伍开创性地工作,不但顺利地巩固了过去有经营关系的老客户,而且还开辟了许多新的销售网点。

为了扩大产品的销售,宣传产品的疗效,熊维政豪情满怀,披挂上阵。10月18日,在江西省樟树市召开的全国第二十三届中成药品产品订货会上,熊维政率领副厂长杨志奇和雷雨等26人参加大会。他吸取1991年百泉药交会的教训,当时会议只让他一个人参加,其他人都不让进入会场。销售是龙头,再好的东西如果卖不出去又有什么用呢?所以,这次订货会,熊维政要求,能去的人都去,并且都要进入会场。临行前,工厂员工燃放鞭炮,热烈欢送,祝愿在订货会上取得佳绩。

熊维政带着全体员工的重托,在药交会上,他率领销售队伍竭力为自己的产品摇旗呐喊,广泛宣传,日夜串门服务,不厌其烦地和客户洽谈，并采取灵活多样的销售政策，吸引新老客户订货。这次药交会共签订销售合同220份，销售额300多万元。销售收入实现后，可创利润70多万元，同比大大超过了往年。打了接管后销售上的第一个大胜仗。在销售政策上，熊维政和班子成员反复推敲制定了实施细则，鼓励销售人员多销多得，对销售人员一视同仁，坚持政策不动摇，充分地调动了销售人员的积极性和创造性。

订货会去的人多，熊维政为了节省差旅费，他和销售员住在老百姓家，在老百姓家打地铺，在老百姓家做饭吃。能睡在沙发上，能坐在沙发上吃饭，算是很奢侈的事。"那时，我们睡在地铺上，蹲在地上吃饭，没有觉得条件不好。夜晚和客户洽谈回来都很晚，睡下后，你一言我一语，仍在一起讨论明天如何宣传产品，如何和客户洽谈的事。"熊维政回忆道。

贷款建厂

熊维政毕业于中医学院,善于望闻问切。在任副厂长的时候,他就发现羚羊山制药厂厂房窄,面积小,并且低矮潮湿,通风条件差,设备落后,技术落后;人员素质参差不齐,专业技术人员短缺,不适应产品生产的需要;销售人员整体素质较低,销售形式单一,药品包装形式单一,药品品种单一,不适应产品销售的需要;管理制度不健全,管理机制无活力、缺位;销售缺少竞争机制,不适应企业管理的需要。熊维政接任厂长后,迅速理顺各方面的工作关系。他认为,当务之急是启动建设年产两千万袋硬膏制剂生产线项目,改善工厂的生产条件,增加产能。

羚羊山制药厂是国家科技扶贫企业,建设年产两千万袋硬膏制剂生产线项目,省里高度重视和支持,并要求省医药管理局对口扶贫新县,具体负责羚羊山制药厂扩建技术改造项目。

巧妇难为无米之炊。熊维政搭上由新县开往郑州的班车,一路颠簸到郑州,已是华灯初上。他找了一家小旅馆住下,在小旅馆门前的小饭馆里吃了一碗烩面。那一夜,他几乎没合眼,脑子里一直思考着明天如何跟领导汇报的事。次日上午,熊维政直奔省医药局,见到了省医药局副局长张明阁、主管扶贫工作的李慧民处长,向他们汇报了扩建年产两千万袋硬膏制剂生产线的必要性和紧迫性。接着他又直奔省农行向主管扶贫资金的李行长汇报,表明扩建工厂的极端重要性,请求省农行帮助贷款。几位领导被眼前个子不高,讲着"新县普通话"的熊维政的真诚和一股勇往直前的拼劲所感动。纷纷表示,老区的事就是自己的事,怎么样支持老区都不为过,一定会把扩建年产两千万袋硬膏制剂生产线的事办好。听了领导的表态，熊维政不禁心花怒放，高兴得差点跳了起来。

"省医药局张明阁副局长对我厂生产线的技术改造项目极为重视，在百忙之中专门抽出时间亲自过问，多次组织省里及郑州市的有关专家、学者及相关部门对该项目进行论证。张局长还具体指示省医药局设计院对此项目进行总体设计，又委派企业处李慧民处长到新县专门负责扶持我厂的技改建设。省、地、县农行部门积极努力，给予了大力支持和帮助，从而保障了基建项目的顺利进行。地区领导多次来厂解决药厂的困难。地区医药局、地区科委、地区经委、地区卫生局各级领导更是关心药厂的成长，可以说，药厂的每一点进步，都凝聚着他们的辛劳。县委胡焕河书记经常到厂了解情况，把每个星期日定为到药厂办公日。郭世光县长一到新县，就来药厂关心生产经营。熊奇副县长、经委王文金主任把药厂的工作列入议事日程，当作自己的事来抓。为确保扩建工程的进度和工厂管理的规范化，经委抽出专门同志参与药厂的工程施工和管理，他们不辞辛苦，夜以继日，风里来，雨里去，为药厂的兴建作出了巨大的贡献。县里各职能部门对药厂的事，都热情支持，大开方便之门。可以说，没有这些良好的外部环境，没有各级领导给予药厂较大的自主权，没有各级领导、政府给予的开放政策，没有各级领导的重视和关怀，药厂既没有今天也没有1992年的丰硕成果。我们真诚感谢各级领导、各有关部门的关怀和给予的大力支持。"熊维政现在仍然饱含深情地说，"不久，我们申请的200万扶贫贷款的事真的办下来了，有了资金，我们就开始扩建工厂了"。

天气十分炎热，熊维政挤上从信阳开往新县的班车，已经汗流浃背。但他心里一直是凉爽的，兴奋的。他心里一直盘算着建厂的事情，实在按捺不住激动，情不自禁地笑了。沉浸在兴奋之中的他，突然听见班车前排有两个人在议论："别瞧四川人搞羚羊山制药厂可以哈，叫熊维政去当厂长，他搞不到两个月就搞垮了，他要能搞好，我把头朝地下走！""就是，他搞工厂，两个月肯定整垮！"另一个人不屑地说。

熊维政当然很生气，他突然站起来，握紧拳头想与那两个人理论一

第三章 搏击商海

57

番，但理智又让他坐下来。他百思不得其解，那两个人他压根就不认识，他们怎么了解自己呢？他想：他们的议论也许并不是针对他自己本人，而是针对全新县，他们不相信新县能办好企业。是呀，大别山地区，至今没有一个做大做强的企业，的的确确让老百姓很失望，难怪新县被称为"企业死亡之地"，也难怪大别山地区大部分都是国家级贫困县，老百姓还处在贫困之中，没有解决温饱问题。国家出台扶贫政策，开展扶贫，目的是让革命老区摆脱贫困，让老百姓过上好日子……想到这些，熊维政热血涌上心头：在革命战争年代，无数的革命先烈为革命抛头颅洒热血，最后解放了全中国。老区诞生了那么多将军，把全中国都给解放了，难道我们还搞不好一个企业！熊维政心里憋着一股劲，一定要把制药厂搞好，一定要比四川人搞得更好！否则，对不起九泉之下的革命烈士，对不起大别山区的革命将军！

　　两千万袋硬膏制剂生产线一期工程终于破土动工。在工厂人员不变的情况下，既要保证生产经营不受影响，产销利润稳步增长，又要确保一期工程的顺利进行，实现厂址搬迁，确实给熊维政带来了很大的压力。他反复拍着桌子说："可上九天揽月，可下五洋捉鳖！要充分发挥人的主观能动性，有压力要上，有困难拼命也要上，这是硬任务、死任务，没有商量和回旋的余地！"一套班子，生产销售和基建，两班人马，在熊维政的带领和指挥下，发扬老区人民艰苦奋斗、顽强拼搏、轻伤不下火线的大无畏革命精神，他顾不上回家，吃住在工厂，不分昼夜，拼命干。整个一期工程，从项目的论证、考查、到征地、筹建及车间的交付使用；从设备的引进、工厂的搬迁到调试安装及正常运转，整个工期不到八个月的时间。

　　厂区占地面积21亩，建筑面积3000平方米，新建生产大楼一栋，以及水、电、汽、仓库、食堂等全部配套设施，新购进硬膏制剂生产的工艺设备一套，一次安装调试成功。正式投入生产运行，产品的产量和质量完全达到了设计要求。新县城南的裴河，八个月前杂草丛生的荒地，而今屹立一座崭新的工厂，其中不知凝结着多少人的心血和汗水。

在厂址搬迁过程中，熊维政为了节省搬迁费用，从工厂抽调人员自己动手搬迁，他率领厂领导班子带头上场搬砖，拉导链，扛设备。搬迁人员起早贪黑，人拉肩扛，硬是凭着人力在短短十天时间，把所有的设备、原材料、产成品等从旧厂搬进了新厂！

"创业艰难何其多。有困难我们不怕，因为我们有理想，有智慧，有力气。因为我们梦想着走出大山去远方看海，因为我们有一帮人在一起呐喊着一道向前冲，他们各自施展着十八般武艺，降妖除魔，逢山开路，遇水架桥。"熊维政凝视着远方深情地说。

"羚锐"横空出世

为了给羚羊山制药厂的发展创造宽松的环境,熊维政积极谋划引进外资。与外商合资兴办企业,药厂可以享受外商投资者的优惠。1992 年 6 月,熊维政在省医药局和新县经贸委的大力支持下,羚羊山制药厂与香港锐星公司合作,成立"河南羚锐制药有限公司"。香港锐星公司注资九万美元,总经理张军东,系老红军张波之子,愿为老区的经济发展作贡献。该公司技术力量雄厚,与武汉同济大学共同开发研制出庆大霉素可吸收缓解药膜产品,为国家首创。此时,香港还没有回归,河南羚锐制药有限公司成为信阳地区医药行业首家中外合资企业。

关于"羚锐",熊维政解释说:"'羚'指羚羊,羚羊角本身就是一种贵重的中药材,羚羊善于奔跑,行动敏捷。'羚'由'羊'和'令'组成,羊发出命令,即是领头羊之意。'锐','金'字旁边是个'兑'字,指金口玉言,兑现承诺,讲诚信,说到做到。羚之锐,指在向前敏捷地奔跑中,兑现承诺。羚锐公司的标志是我亲自选定的。从建厂开始至今,羚锐公司没有拖欠一笔税款,没有拖欠一笔原材料款。羚锐公司以'诚信立业,造福人类'为企业宗旨,做好药,做老百姓放心药,让老百姓吃好药,少吃药。我们不忘初心,不辜负老区人民的殷切期望,尽心尽力打造中药现代化品牌企业,打造百年羚锐品牌,百年羚锐老店。"2002 年,"羚锐"已成为中国驰名商标。

羚锐公司是合资企业,突破了传统的企业管理与经营模式,增强了企业抗风险能力,转换了企业的经营机制,为公司今后的发展创造了政策优势、资金优势和产品营销优势。

1992 年，羚锐公司全年完成产值 700 万元、利润 120 万元，圆满完成年初工作计划，比 1991 年分别增长 14.2% 和 15.8%。成绩无声地宣告，大别山革命老区并非"企业死亡之地"，老一辈能打下江山，后辈一定能办好企业！

成绩固然可喜可贺，但熊维政的眼光只盯在公司存在的问题上面，他在年终工作会上指出：

1992 年，公司取得了一定的成绩，但我们不能盲目乐观，不能让成绩掩盖了问题。可有了问题，我们也不能自暴自弃，我们要正视问题，坚定信念，想方设法解决问题。概括起来问题有如下几点：一是产品单一。公司抵御风险能力差，在市场也缺乏竞争力，在新厂进行规模生产，只靠几个长线产品，很难适应企业的发展。二是员工工作的主动性尚不高。特别是创造性的精神更显缺乏，学习风气不浓，QC（质量控制）攻关小组成效不明显，共青团组织带头作用要进一步加强，员工的企业主人翁意识有待进一步提高。三是基础设施不太完善，有待全面规划和发展。四是资金短缺。尤其是现在生产规模扩大了，资金尚有很大缺口，若要保证正常生产，1993 年年内，仍需上级领导帮助解决资金不足的问题。

针对以上问题，1993 年年我们要努力完成这样几项工作任务。一是完成产值 1 000 万元，实现销售收入 750 万元，实现利税 140 万元。二是加大研发力度，力争开发两至三个有前途的新产品，提高市场抗风险能力。建一个中药提取车间，开发伤湿浸膏、颠茄浸膏、可吸收缓释药膜。三是逐步完善基建规模的其他配套设施建设。四是实现管理体系的规范化。五是多渠道多途径争取政策支持和资金支持。

如火如荼的岁月，燃烧着无怨无悔的青春。羚羊山制药厂转变成为羚锐制药有限公司，成为中外合资企业。熊维政决定抓住合资企业的品牌优势，在药交会上大力宣传和推销产品。1993 年 3 月，熊维政带领销售人员参加河南百泉药交会。和参加樟树药交会一样，临走时，厂里燃放鞭炮，热热闹闹，欢送熊维政和汪鹏程等销售人员。他们坐在公司的大货车上，头顶茫茫夜空，繁星点点，一路高歌向百泉迈进，无比的高兴。熊维政回想说："那时，坐货车，这么远的路程，冷风一直吹着，也没有感冒。上大学时，为了节省路费，常常坐人家的货车，下着小雨，也没有冻病。那是坚强的意志在支撑着我们。"

"进场券 100 元一张，销售员舍不得买，有些销售员为了省钱，干脆夜晚睡在会场里不出来，'卖狗皮膏药的来了！'面对个别商家恶意羞辱，我们的销售员也毫无怨言。有个销售员对我说，熊厂长，没事，我不冷，卖膏药不丢人，我相信总有一天，我们的产品会受到消费者追捧的！"讲到这里，熊维政眼含泪花，扭头朝向窗外，哽咽着说，"现在回想起来，我仍痛心不已。我们的销售员是我们最可敬的人，我内心愧疚，感觉很对不起他们。"

天道酬勤，一分汗水一分收获。在百泉药交会上，羚锐公司共签订有效销售合同 400 多万元。熊维政喜出望外，为慰问销售员，庆祝所取得的成绩，他请全体销售员在小餐馆里大吃一顿。酒足饭饱之后，熊维政给公司打长途电话，报告喜讯，并要求工厂加班加点生产虎骨麝香止痛膏。

风云突变

　　然而，天有不测风云，人有旦夕祸福。正当工厂加班加点生产虎骨麝香止痛膏，准备大干一场之际，1993 年 5 月 29 日，国务院下发了《关于禁止犀牛角和虎骨贸易的通知》，通知说，犀牛和虎是国际重点保护的濒危野生动物，被列为我国已签署了的《濒危野生动植物种国际贸易公约》附录一物种。为保护世界珍稀物种，根据《中华人民共和国野生动物保护法》《中华人民共和国陆生野生动物保护实施条例》和《濒危野生动植物种国际贸易公约》的有关规定，禁止犀牛角和虎骨的一切贸易活动，禁止出售、收购、运输、携带、邮寄犀牛角和虎骨。对库存的犀牛角和虎骨，必须立即进行清理，重新登记、封存，妥善保管，并由其拥有者如实向省级林业行政主管部门或其指定单位申报。省级林业行政主管部门或其指定单位必须将犀牛角和虎骨库存情况编制成册，报国家濒危物种进出口管理办公室备案。取消犀牛角和虎骨药用标准，今后不得再用犀牛角和虎骨制药。对已生产出的含犀牛角和虎骨成份的中药成方制剂，必须自本通知发布之日起半年内查封，禁止出售。

　　《新闻联播》及报刊杂志等媒体均播发和刊登了此消息。"有关产品就地封存，产品及副产品均不准销售。"消息如晴天霹雳，一下子把熊维政击倒。因为羚锐公司当前就只生产"虎骨麝香止痛膏"一种产品。熊维政率领的团队还没有研发出新的产品，虎骨的禁用，无异于工厂倒闭。

　　熊维政病倒了，躺在床上一连几天不吃不喝，妻子汤艳芳把饭菜端在他的床头，他看了看，摇摇头，吃不下去。他想：莫非真被班车上那两个家伙说中了，工厂搞不到两天就被我搞垮了？想着想着，熊维政禁不住流下伤心的泪。

运转的机器骤然停止，生产的一线员工垂头丧气。几天后，在外跑销售的业务员全部打道回府，个个心情沉重，一蹶不振。

张军兵出差回来，听说熊维政病倒了，去看他。张军兵是河南中医学院的，是熊维政作为技术专家把他挖到羚锐公司来的。张军兵坐在熊维政的床头劝说，虎骨禁用，这是国家政策规定的。并不是我们没有把工厂经营好，也不是我们的产品质量存在问题，这根本与我们自身生产经营就是两回事。怕什么，大不了我们从头再来。公司所有的员工都翘首以待，还等着你想办法，带领他们渡过难关呢。你躺在床上，这不是你的性格，你是迎难而上，不到长城非好汉那种不服输的性格，你要把乐观向上、百折不挠的精神拿出来，给员工们打气，让员工们看到新的希望。我们一起想办法，我相信在你的带领下，我们一定能找到好办法，公司一定能渡过难关。

6月3日，新县县长郭世光带着县经贸委主任王文金和陈廷森到羚锐公司看望员工，为全体干部职工打气鼓劲。熊维政率领公司班子成员在工厂门口迎接，县长郭世光一一与班子成员握手。在全体员工大会上，熊维政代表公司领导班子作表态发言，他站起来挥动手臂，慷慨激昂地讲道："第一，我们羚锐公司坚决拥护和支持国家的政策，禁止用虎骨，我们做到坚决不用。第二，请各位员工放心，在没有找到新的替代品生产之前，所有的员工均发放基本工资，我熊维政有饭吃，大家都会有饭吃。第三，我们将用最短的时间研发新产品或寻找可立即生产的虎骨麝香止痛膏的替代品，以最短的时间恢复生产。请大家不要灰心丧气，要振作精神，相信明天会更好！"会场爆出雷鸣般的掌声。郭世光激动地站起来，佩服地看着熊维政，带头拼命地鼓掌。

熊维政讲完，往会场下面看，恰与李福康的目光相撞，愧疚感油然而生。李福康原本在县医药局工作，熊维政认为他思想开拓，敢想敢干，是个难得的人才，于是请李福康到羚锐公司来和他一块干。李福康6月1日来报到，结果第二天就出事了。会后，熊维政不好意思地对李福康说：

"干脆你回去算了。"李福康坚定地说："我来了，就不会再回去了，我们一块干，我相信我们会找到好办法的，一定会渡过难关。"

但现实很残酷，所有商家的货款全部拒付，给工厂造成直接经济损失470万元。相当于在百泉药交会上签订的所有合同的货款。

雄关漫道真如铁，而今迈步从头越。熊维政不敢怠慢，责任感和使命感强烈驱使着他，当务之急是要恢复生产，稳定员工情绪。他在全体员工大会上表了态，不能食言。他想起员工大会上干部职工热烈的掌声和期待的眼神，想起八里畈卖柴路上艰难的跋涉，累倒了，咬牙站起来继续前行。他不敢放弃，不能放弃。他决定去省医药局和省卫生厅汇报羚锐公司目前遭遇的困境，请领导出谋划策，伸出援手。

省医药局和卫生厅领导高度重视羚锐公司所处的困境，几个月后，就开发了虎骨麝香止痛膏的替代品：麝香止痛膏和麝香追风膏，让羚锐公司组织生产。

可公司的账上，资金所剩无几。为了重新启动生产，又需要从银行贷款。经历这一波折，还有哪家银行敢给羚锐公司贷款呢。熊维政认识新县农行黄行长，他请黄行长去天津参加制药器材会，让他了解羚锐止痛膏的广阔前景，好让他给羚锐公司贷款。黄行长开始不同意去，熊维政好说歹说他才答应。一路上，熊维政总是给他汇报羚锐员工生产销售的决心，请他放心，贷款一定会还上的，再不会出现禁用虎骨这类事件。熊维政每顿饭请黄行长吃粉条，他说："粉条营养丰富，天然食品，吃粉条身体健康。"开始的时候，黄行长相信，后来，他才明白，熊维政请他吃粉条真实目的是为了节省钱。看来工厂确确实实遇到难处。

在天津制药器材会上，黄行长看到了止痛透皮贴剂的光明前景，加之熊维政的真诚感动了他。回来后，黄行长很快给羚锐公司贷款30万元。工厂的机器又开始转动了，一片片膏药生产出来了。生产工人们笑了，销售业务员笑了，熊维政和公司其他领导笑了。可原本并不胖的熊维政，经过这么一折腾，足足瘦了十斤。

绝处逢生

　　痛定思痛。熊维政深切感到自身产品存在的现实问题：产品单一，品种老化，附加值低，风险性大，生产替代产品只是权宜之计。只有开发创新更多的市场受欢迎的新产品，才能抵御市场风险，使企业长久生存。

　　面临严峻的挑战，熊维政与班子成员研究，提出了"立足本地资源，针对公司实际、增加竞争机制，以技术改造求发展，靠开发新产品创效益"的工作思路。通过依靠自身力量，大力开展技术改造，积极开发新产品。高起点、上档次、大规模地进行技术改造，针对公司仅生产硬膏制剂，生产能力低，年产值多年一直徘徊在700万元左右，并且风险较大的实际，熊维政多途径向有关部门呈报了扩建综合制剂，包括冲剂、片剂、口服液、胶囊剂、提取车间以及膜剂车间的技改项目。由于整个项目资金需要量较大，一时难以筹集，为争时间推进度，经多方调查、研究、论证，决定分步实施技改项目。在农行、财政的大力支持下，先后投资200万元，将工厂一楼硬膏剂车间改造成冲剂、膜剂车间，并按 GMP(药品生产质量管理规范)要求，全部安装空调和空气净化系统，另配套兴建了一个900多平方米的中药前处理车间，增加完善了冲剂提取设备。1994年年底，冲剂车间正式投产，并达到年产冲剂1000万袋，提取中药流浸膏20吨的生产能力，初步形成了规模生产的趋势。

　　然而，熊维政心里一直琢磨着开发新产品或引进新产品的事。1994年7月，张卫平给熊维政透露了一条信息：河南省新密市骨质增生研究所所长吕秀兰研究开发了"骨质增生一贴灵"透皮贴剂。骨质增生一贴灵是吕秀兰大夫根据祖传秘方研制而成，经有关专家评定和反复临床验证，组方合理，疗效确切，开发生产价值极大。这条信息让熊维政兴奋不已。于是，他火速赶往新密市，见到了吕秀兰大夫。熊维政开门见山提出要购买骨质增生一贴灵的生产权，真诚地说："我们有很好的生产透皮贴剂的条件，虎骨禁用之后，我们巧妇难为无米之炊，急需生产像您研发的这样的好产品。再者，我们是大别山革命老区，由于革命的创伤，那里贫穷落后，人民急需摆脱贫困，我们本来就是国家的扶贫企业，有这个责任和义务……"吕秀兰审视着眼前头发蓬乱、身体消瘦的年轻小伙子，看到了他炯炯有神的眼睛，听到了他中肯的言语。她相信，骨质增生一贴灵在羚锐公司一定能生产和销售得很好。8月，羚锐公司与吕秀兰正式签订了骨质增生一贴灵技术转让合同。

9月，羚锐公司成功开发出治疗骨质增生病症的良药，骨质增生一贴灵、骨质增生一擦灵，利用透皮缓释技术治疗骨性关节病。购买吕秀兰大夫的骨质增生一贴灵专利药方时，产品只是内准字号。后来经开发研究，成为准字号。骨质增生一贴灵投放市场，受到广大消费者的青睐，逐步奠定了羚锐公司在橡胶膏剂药品市场的品牌地位。

9月8号，羚锐公司举行"骨质增生一贴灵"投产仪式。产品包装在香港制版，深圳印刷。此时，包装虽然已经印刷出来了，但如果要用火车托运到信阳，再从信阳由汽车转运到新县，迟了半个月，根本赶不上投产仪式。于是，熊维政果断决定：空运。这样，骨质增生一贴灵产品包装，成为羚锐公司最早坐飞机的"人"。

同时，通过技改，移植冲剂产品。针对新建冲剂车间的实际情况，本着少投入、多产出的原则，移植了易开发、疗效好、见效快的小儿咳喘灵冲剂、妇乐冲剂。结束了公司只能单一生产硬膏制剂的历史，为进一步扩大冲剂生产、上新产品奠定了基础。另外，公司还根据市场情况，移植了传统产品关节止痛膏，对硬膏剂产品进行了补充。至此，公司产品达到两种剂型十多个产品，抵御市场风险能力大大增强。骨质增生一贴灵，日产值可达60万元以上，生产能力也大大提升，企业规模日益扩大。

"这么好的药，早就应该做广告了。"在骨质增生一贴灵投放市场时，熊维政请著名演员拍摄了30秒和15秒的电视广告片，分别在河南电视台、山东电视台、四川电视台、安徽电视台陆续播放；制作5秒三维动画版广告，在河南电视台黄金时间全年播放；还印制了骨质增生一贴灵、皮炎灵广告宣传画散发张贴，并在郑州始发全国各地的15趟列车上张贴羚锐新产品广告画。同时，在郑州、开封、孟津、武汉等地召开新药推广会，利用新闻媒体大力宣传产品，宣传企业，提高企业知名度，扩大产品影响力。

　　1994年，是我国建立现代企业制度，向市场经济过度的重要一年，也是羚锐公司艰苦创业，扩张规模的关键一年。羚锐公司以市场为导向，以提高经济效益为中心，不断调整产品结构，大力开展技术改革，积极开发新产品，强化企业管理，扭转了1993年主导产品受政策影响停产停销带来的被动局面，使企业保持了良好的发展势头。全年共完成工业总产值1 000万元，比上年的700万元增长47%；完成销售产值1 000万元，比上年的700万元增长42%，销售收入800万元（含税），比上年的略有增长；上交税金42万元，实现利润28.6万元。步入"河南省中药工业十佳企业"和"河南省优秀三资企业"行列。

高速前进

凤凰涅磐，浴火重生。"羚锐公司去寻找更多的机遇，迎难而上，否则也不会有今天的快速发展。困难中往往蕴藏着重大机遇。毫不夸张，真的是这样。"熊维政经常这样说。

天将降大任于斯人也，必先苦其心志，劳其筋骨。此后，羚锐公司步入良性发展的快车道。

1995年完成工业生产总值3000万元，实现利税800万元。

1996年完成工业产值6000余万元，实现利税1700余万元，在全国中药工业五十强中，综合经济指标排名第十三位，人均利税排名第十一位。

1997年完成工业产值1.2亿余元，实现利税3200余万元，经济效益在河南省医药工业中排名第二位。

1998年在东南亚金融危机严重波及国内市场的情况下，经济效益仍保持20%以上的增长速度，完成工业产值1.6亿余元，实现利税4400余万元。

羚锐公司由小变大，由弱变强，成为信阳市18家重点工业企业之一、"河南省医药工业重点企业"、"河南省高新科技企业"、"河南省省级文明单位"、"全国中药系统先进集体"；1999年9月16日，被中央文明委授予"全国精神文明建设先进单位"光荣称号。羚锐公司逐步成为国内知名企业。总经理熊维政荣获"河南省医药科技先进工作者"和"河南省十大科技人才"光荣称号。

大别山养育了熊维政钢铁一般的汉子，培育了河南羚锐公司一家现代化制药企业。在挫折中磨砺，在绝境中求生，在平凡中求变。熊维政百折不挠、奋斗不止的辛勤汗水，浇灌着羚锐之花。

天行健，君子乃自强不息。在艰苦的商业实践中，熊维政从一个企业生产经营管理的门外汉，变成了一个在商海里游刃有余的行家里手。

最大限度地激发员工的主人翁意识和创业积极性。充分发挥工会和职代会的作用，实行厂务公开，民主管理。凡是涉及职工的分房、晋级、升降等事项都向群众公开，增强透明度，涉及企业重大决策都提交职代会讨论通过，减少了决策失误。其中，1996至1998年，公司共收集职工合理化建议三百多条，产生直接经济效益四百多万元。在熊维政的积极协调和努力下，领导班子还积极维护职工的合法权益，为职工办理了养老保险和重大医疗保险，筹建了集资房和住宅小区，免费提供工作午餐和交通班车，解除了职工的后顾之忧，密切了干群关系，增强了企业凝聚力。

熊维政始终相信，在激烈的市场竞争中，唯有改革，才能激发企业活力和市场竞争力。为此，他率领公司领导班子对国有企业固有的管理体制进行了大刀阔斧的改革，逐渐建立起富有特色的"羚锐管理模式"。

第一，改革了用工与人事制度。实行全员合同聘用制，定编定岗，定权定责。每年度对所有员工进行一次综合考评，合格者继续聘用，不合格者解聘；优秀者升职或重奖，严重违反公司管理规定者，辞退。所有新进员工，必须经过考核，合格后方可录用，培训后才能上岗。

第二，建立了质量管理制度和质量保证体系。药品是特殊商品，直接涉及人们的身心健康。在生产过程中，熊维政始终把质量管理作为核心来抓，制定了一系列加强产品质量管理的规章制度，完善了三级质量监督体系。坚持在员工中广泛开展质量意识教育，要求全体员工把质量就是生命的观念牢牢根植到头脑中，落实到每一个岗位、每一项工作中，自觉把生产出市场上一流质量的产品作为自己的天职。在生产过程中，坚持辅料、成品、半成品抽样，严格把关，做到层层抓、级级管、道道卡，杜绝不合格原料入库和不合格产品出厂，保证产品全年抽检合格率达百分之百。由于质量过硬，壮骨麝香止痛膏获省优质产品，新产品骨质增生一贴灵获得第一届全国保健科技精品博览会金奖。

第三，建立了富有活力的市场销售管理体系。在销售实践中，逐步形成"三定两包一挂"的销售承包责任制，即实行谁销售谁收款的原则，定人员、定销售区域、定任务；销售费用包干，回收货款包干；工资与实效挂钩，按实际回款数额当月考核，当月兑现。并且对超额完成销售、回款任务指标的提高销售费用包干标准，提高奖金幅度。达到一定指标的还给予职务岗位待遇。"销售承包责任制"，既有约束力，又有激励措施，责任明确，奖罚分明。对加强销售管理，充分调动销售人员的积极性起了极大的促进作用。

第四，建立了旨在提高整体素质的职工培训体系。企业要发展，人员是关键。为提高职工素质，适应现代企业需要，熊维政十分重视对职工进行全面培训，与大专院校联合开办了企业管理和制药专业的委培班，要求所有员工于 2001 年前必须学历达标；对生产工人进行了全员GMP(药品生产质量管理规范)轮训。公司修订了职工行为规范，从语言、礼貌到涉及公司及个人文明形象的各个方面都规定了明确要求。为此，公司每年在盛夏"三伏"时候，对全体职工进行强化军训，平时坚持每天早晨集中出操。公司员工无论外出开会、开展业务，还是在家上班，都要做到礼貌讲话、文明做事。

在完善管理制度的同时，熊维政狠抓落实。他说："管理就是落实。"从现场管理到财务管理，全面杜绝跑、冒、滴、漏和违规现象。没有规矩无以成方圆。羚锐公司顶着各种压力，这些年来，共辞退十多名违规违纪员工。

熊维政始终坚持走"科技、质量、效益"的发展道路。制定了"以优取胜、以新求进"的经营方针，公司专门成立了新产品开发委员会和郑州药物研究所，提出了"生产一代、储备一代、瞄准一代"的战略构想，并组织人力，投入巨资，付诸实施。

在加大技术设备改造的同时，熊维政率领班子成员走向市场搞调研，借鉴骨质增生一贴灵开发的成功经验，与河南中医药研究院、河南中医学院、河南医科大学等院校和科研单位联合，先后成功地开发了青石冲剂、羚锐银杏保健茶、野苏冲剂、胃疼宁片、参芪降糖胶囊等名优新药和保健精品。此外，还研制开发了培元通脑胶囊、咳宁胶囊、骨刺宁贴膏等国家级新药。这些高科技含量、高附加值的新产品，优化了公司的产品结构。自投放市场以来，以确切的疗效，成为客户和患者心中的名牌，促进了公司整体效益的提高，同时也提高了企业的知名度。1998年，羚锐公司的"凯晴"牌和"羚锐"牌商标被评为河南省著名商标。

有了名牌产品，还必须有相应的市场。为了争取更大的市场份额，创造更高的经济效益，公司通过周密的市场调查，制定了"广告和促销同步进行，加强网络建设，城市辐射农村"的营销策略，进一步加大广告宣传投入和市场公关力度，不断扩大营销队伍，确保每个新产品都能迅速在市场铺开。每年度，羚锐公司都要面向社会择优招聘一大批营销业务员，经过全面培训派往全国各地。进一步推行地区经理负责制和品牌经理监管制，将全国市场划分为 11 个营销区域，由 159 位业务员组建 140 个营销网点。公司的营销网络覆盖国内 29 个省、市、自治区，产品畅销海内外。主导产品骨质增生一贴灵、胃疼宁片、参芪降糖胶囊等都在同类产品的市场竞争中占优势份额，从而使企业的经济效益连年翻番。

熊维政始终抢抓机遇谋发展。要生存首先要发展。这是羚锐公司班子成员的共识。1997年1月，熊维政得到一个信息，地区领导希望有企业兼并信阳地区中药厂。该厂是一个有着29年历史的老厂，产品丰富，技术力量雄厚，因经营不善，已濒临倒闭。熊维政和班子成员慎重考察后，认为这是一个低成本扩张、壮大企业规模的好时机，只要导入羚锐管理模式，企业定会起死回生。因此，熊维政果断决策，实施兼并，组建了羚锐"信阳分公司"。随即进行人员轮训、技术改造、产品开发，盘活了固定资产，安置了大批下岗职工，当年实现产值是该厂历年最高纪录的七倍，成为羚锐公司的一个新的经济增长点；1997年4月，羚锐公司再次决策，成功兼并了信阳粮食机械厂，改建"河南羚锐机电设备有限公司"，开发生产可调式中央燃油热水机，当年扭亏为盈；1998年8月，熊维政又发起创建了"河南羚锐保健品股份有限公司"，按照规范的现代企业制度运作，显现出良好的经济效益；1998年12月，在中央军委下达"军队不再办企业"的通知之后，羚锐公司捷足先登，由羚羊山制药厂出资收购了原中国人民解放军前进医疗器械厂的控股权，改建"河南羚锐医疗器械有限公司"。至此，羚锐公司资产总额达1.6亿元，由羚羊山制药厂控股或参股的资产近2亿元，比建厂之初净增680倍。

第四章

上市

成功更容易光顾磨难和艰辛，正如只有经过泥泞的道路才会留下脚印。

谋划上市

羚锐公司在骨质增生一贴灵产品的主导和拉动下，工业产值和利润逐年攀升，公司得以迅速膨胀。

1997 年，信阳地区安排对全地区企业进行摸底，目的是了解有哪些企业符合上市条件，可以运筹上市。通过摸底，信阳地区有两家企业基本符合上市条件，一个是羚锐制药有限公司，一个是潢川华英公司。"地区领导的安排和我的想法不谋而合，早在大概一年前，我就有把公司做到上市的想法。因为，上市能取得整合社会资源的权利，等于给羚锐公司安上腾飞的翅膀，能使公司发展得更快。同时，上市可以提高公司知名度，省了一大笔广告费用。通过上市，能使企业的管理更加规范，增强大众对公司的信心。"在简易的高尔夫球场上，熊维政说着，猛地一杆将高尔夫球打到沙滩上。

梦想搏击长空，总有机会寻找到坚强的翅膀；梦想征服大海，总有机会寻找到不朽的航船。机会永远留给有准备之人。不久，区里开了会，决定让羚锐公司报材料上市。熊维政非常高兴，他在公司班子会上说："这是地区对羚锐公司的肯定，也是对我们班子和全体员工的充分肯定。我们一定要树立信心，抓住机遇，克难攻坚，把上市的事办成。"很快，地区出了申报羚锐公司上市的文件，报到了省里。

1997 年 6 月 4 日，信阳地区派地委副书记张本乐带队去北京，到国家证监会汇报羚锐公司上市之事。熊维政和张本乐一块去中国证监会见到了证监会王副主席。熊维政向王副主席汇报：羚锐公司是大别山革命老区的一家制药企业，是国家科技扶贫企业，已经具备上市的基本条件，地区和省政府支持羚锐公司上市，请国家证监会给予关心和支持。王副主席微笑地点头说，革命老区，应当支持。随后，他安排负责上市工作的两个主任给熊维政介绍上市的具体细节。两个主任给熊维政介绍上市公司的主体资格、公司的独立性、公司规范运行、公司的财务与会计和募集资金的运用等一大堆上市前要做的工作。而熊维政拿着一小沓申报材料，两个主任看了材料后，不禁笑了，"走，我们带你们去看看上市要报的材料。"熊维政和张本乐看到材料，吓了一大跳，上市材料一大堆，足足一米多高。"你们的材料什么时候够这么多，就可以上市了。"一个主任笑着对熊维政说。

从证监会出来，熊维政回头望了望证监会大楼，对张本乐说："我们只是万里长征刚走第一步，实际要做的工作简直是太多了。"

"上市，说起来很简单，做起来相当难。你们回去要按照证监会要求抓紧落实。"张本乐说。

开弓没有回头箭。熊维政急急忙忙从北京回来，迅速抽调精兵强将组成了证券部，证券部在公司副总经理李福康的具体领导下，紧锣密鼓，拉开了上市工作的序幕。

熊维政积极为公司上市创造外部条件。他常想，革命老区饱受战争的创伤，经济发展相对滞后，人民长期处于贫困之中，国家出台扶贫政策，为老区兴办扶贫企业，目的是让老区人民尽早摆脱贫困。自己为企业赴汤蹈火是应尽之责。企业上市，将更好更快地带动老区人民脱贫致富。因此，利用老区的优势，积极呼吁和关心企业的上市工作，也是情理之中的事。

羚锐公司上市符合国家产业政策，符合上市的基本条件。但企业自身还有很多的具体事情要做。

上市工作程序复杂，并非一蹴而就。羚锐公司虽然具备上市的基本条件，但按照上市公司的要求，公司内部方方面面尚需规范。为了争取早日上市，熊维政带领证券部的同志加班加点夜以继日地工作。

决不退缩

1998年，申请上市工作全面展开。在新县籍老首长李德生、省委书记、省长的关怀下，通过各方面的努力，省证券委已将羚锐公司优先列为河南省1999年度的上市预选企业。对羚锐公司的经营状况做了详细了解，对企业今后的发展做出了明确指示。省委书记马忠臣对羚锐公司的上市做了"羚锐公司的上市问题要积极支持"的批示，省长、常务副省长也都签署了意见。10月13日，"京九铁路绿色走廊"视察小组莅临羚锐公司，对羚锐公司的发展给予充分肯定，使羚锐的全体员工备受鼓舞。

与此同时，羚锐公司其他业务效益不断呈现良好的发展态势。由兼并后改组的河南新县羚锐机电设备有限公司继1997年引进开发的10万大卡全自动中央热水机后，组织技术力量，攻克难关，又开发出了5万大卡、15万大卡、20万大卡、30万大卡、45万大卡、60万大卡等六个规格的全自动中央热水机，同时引进新一代太阳能热水器，并在生产工艺方面做了调整，为开拓市场奠定了坚实的基础；羚锐信阳分公司经过进一步的整改，已开始良性运转，1998年完成工业产值1 500余万元。为争取更大的投资回报，开创更广阔的发展空间，拟定信阳分公司从1999年开始实行独立核算，自主经营。为适应公司上市的需要，熊维政与信阳市农科所商洽租用其邻近107国道的160亩土地，以期进一步壮大公司的经营规模。

根据《证券法》与《公司法》的有关规定，上市公司应是股份有限公司，而羚锐公司在上市前叫"羚锐制药有限公司"，并非股份有限公司，要上市就必须将有限责任公司改成股份有限公司。改制成为股份有限公司，应当有 2 人以上 200 人以下为发起人，采取发起设立方式设立，全体发起人的首次出资额不得低于注册资本的 20%。

在羚锐公司改制过程中，1000 万元占百分之十的股份。熊维政看到的是企业的发展，想到的是自身承担的责任，他毫不犹豫地让自己的员工购买了。这样员工就成了企业的主人，员工有了归属感，工作起来更有激情。领导同意熊维政的看法，翘起拇指称赞熊维政是个真正的企业家。从此，员工的命运与企业的兴衰捆绑在一起。熊维政在企业改制方面的一系列大胆举措，激发了企业自身的活力，也给羚锐公司带来了无限商机，势必推动羚锐公司走出山区，向更加先进的现代企业看齐。

熊维政夜以继日的工作，跟他一块跑上市的工作人员身体都被拖垮了。1998 年，尽管各级领导给予了极大的支持，但由于各方面的条件尚不成熟，上市被搁浅。公司所有的员工都小心翼翼地看着他。员工们相信，面对虎骨的事情，都没难倒厂长，上市又算得了什么呢？熊维政每天超负荷地工作，他陡然感到筋疲力尽，一头扎在床上睡着了。他梦见了母亲挑着秧草在田埂上踉踉跄跄艰难地行走；梦见自己挑着一担柴禾在蜿蜒崎岖的山路上痛苦地跋涉……突然，一个高年级同学一拳将他打倒，滚进了臭水沟里……

"难，太难了！"熊维政经常对妻子汤艳芳讲："谁让我上市，地上有两捧屎我愿意吃掉。"有一次，熊维政对市委书记李中央说："明年上不了市，我去水库淹死掉。"

熊维政虽然这样说，但他丝毫没有退却。身体虽然疲乏，但精神依然强大。时任董事会秘书的程剑军钦佩地说："熊董不会被打倒，就是他的前面有堵墙，看着明显过不去，但他始终不放弃，苦苦寻找，一定会在墙上找到裂缝，然后钻过去。"

好事多磨，永不放弃是熊维政的性格。他一手抓住公司上市工作不放，一手扭住公司管理工作不松。在筹备公司上市的过程中，熊维政发现，羚锐公司经过几年的长足发展之后，公司进入了一个平稳发展阶段。在向更高目标冲刺的过程中,公司的发展面临着一些实际问题,存在诸多短板:一是产品后劲不足,单靠骨质增生一贴灵等少数效益产品已不能满足公司大跨步发展的需要,必须加大科研技术力量的投入,更快地开发出更多的名优新药,才能使企业的发展具有充沛活力;二是企业急需高水平的管理人员和拔尖的科技人才,人才培养与公司发展的矛盾日益突出;三是营销市场还需进一步精耕细作,不断提高产品的市场覆盖率,营销队伍的管理需进一步加强;四是企业的资本运作虽取得了较好的效益,但还需加强资本运作管理,进一步加大力度,向更好的效益跨越;五是内部管理明显与上市公司的管理有较大的差距,要进一步采取措施大刀阔斧地进行改革,使之更加规范化、现代化和科学化,以适应公司上市的需要。针对上述问题,熊维政要求全体班子成员和员工,借公司上市的强劲东风,强力推行各方面的改革创新,加大力量和资金投入,扭住短板不放松,以最快的速度补齐补强短板。

"说起来容易做起来难。那时,我们天天像打仗,风里来雨里去,没有上下班的概念,上了班就下不了班,一干就到了深夜。有的人眼睛都熬肿了,熬病了。有些事情,我们没有成熟的经验可借鉴,我们就跟熊董一块反反复复地抠来抠去,讨论出最好的方案。有时,深夜,我已经睡了,好不容易才睡着,熊董又打电话让我写材料,明天早晨交给他,我又只好爬起来写,写好了,天已经亮了。"程剑军回忆说。

不经历风雨怎么能见彩虹,没有人随随便便成功。1999年6月28日,河南省人民政府将羚锐公司作为上市预选企业正式向国家证监会推荐。11月,经过紧张的准备,申请材料报送到中国证监会审查。

其间,羚锐公司不断扩大融资渠道,多方面争取项目资金,利用资金优势走科技兴企的道路。1999年,科技立项资金达6 000多万元,研发出了国家三类新药:通络祛痛膏、结石康胶囊、培元通脑胶囊;四类新药:野苏胶囊,待国家正式批文。围绕企业上市,制定募集资金的用途方案和可行性报告,公司申报了六个技术创新项目,总投资为2.7亿元。其中，在郑州技术开发区购地30亩，筹建企业技术中心，并被批准为"省级企业技术中心"；1999年10月，公司又与北京化工大学商定，联合筹办"北京羚锐中药科技开发有限公司"；从信阳市湖东开发区107国道附近新征160亩土地，布局公司上市技改项目和重建信阳分公司新厂，彻底解决信阳分公司的生产规模局限、环境污染等老大难问题。

根据《证券法》第二十一条的规定，公司上市发行股票之前，发行人应当将招股说明书(申报稿)在中国证监会网站预先披露。发行人可以将招股说明书(申报稿)刊登于其企业网站，披露内容应当与中国证监会网站的完全一致，且不得早于在中国证监会网站的披露时间。证券部陈燕跟随熊维政一块在北京负责招股说明书的登报工作。

有一天，陈燕去中国证券报送招股说明书，请中国证券报刊登，预先进行披露。其他公司送材料时，老总非常重视，亲自跟着一块去，去的人也多。那天，陈燕因为写材料去晚了，到中国证券报的时候已经要下班了，中国证券报的编辑陈杰一看是陈燕一个人来的，感觉领导不重视，并且来得这么晚。此时的北京，天气寒冷，窗外的树枝在寒风中不停地摇曳。陈杰看着眼前如此敬业的小姑娘，脸冻得通红，一头秀发被寒风吹得凌乱，顿生恻隐之心，不禁关心地问了一句："吃饭了吗？"陈燕觉得可笑，说："还没有下班，吃什么饭啊，难道我是因为吃饭耽误了送材料吗？"陈杰笑了："我就是随便问问，没有吃饭，我请你吃饭，算是错怪你了，给你道个歉。"陈燕心想，他们还要经常打交道，材料已经收下了，还有人请吃饭，当然是好事。如此一来二去，他们相爱了，后来就结了婚。熊维政经常戏说："在上市工作中，我们都有收获，但收获最大的人应该是陈燕，她竟然收获了一个如意郎君。"

情满大别山

拨云见日

中国证券会于 1999 年 11 月正式受理羚锐公司上市申请文件后，相关职能部门对羚锐公司的申请文件进行初审。中国证监会在初审过程中，征求了河南省人民政府是否同意羚锐公司发行股票的意见，并就羚锐公司募集资金投资项目是否符合国家产业政策和投资管理的规定征求国家计委的意见。在经过预披露环节后，由发审委审核。相关职能部门对羚锐公司的申请文件初审完成后，由发审委组织发审委会议进行审核。然后中国证监会依照法定条件对羚锐公司的发行申请作出予以核准或者不予核准的决定，并出具相关文件。

审计部门在审计羚锐公司时，认为羚锐公司的固定资产、主营业务、财物管理非常纯净，有利于羚锐公司上市后健康发展。财务专家李新建在这方面做了大量卓有成效的工作。其他职能部门亦对羚锐公司上市给予了有力的肯定，出具了符合上市条件的相关证明材料。

发审委会议对羚锐公司上市进行了两次审核。第一次暂缓表决，因为中国证监会审查材料的相关人员出差，他对材料没有发表意见，所以，专家建议暂缓表决。尽管是这样，可熊维政他们夜晚还是担心得吃不下饭。在焦急的等待中，发审委会议于 2000 年 8 月 11 日，第二次召开。审查材料的胡处长发表了相关职能部门对羚锐公司上市的审查意见，所有材料均符合上市的要求。专家表决羚锐公司可以上市。熊维政按捺着内心的激动，从发审委会议上下来时，孙长江副市长背着手在大厅来回踱步，孙长江见到熊维政，不敢相问，顿时满脸汗珠。当熊维政告诉孙长江"通过了"的时候，他们紧紧拥抱在一起，酸甜苦辣的泪哗哗地流淌下来。夜晚，熊维政在和敬府宾馆举行简单的庆祝晚宴。

这又是一个不眠之夜，熊维政上市的梦想终于实现了。酒后的熊维政踏踏实实地躺在床上，紧闭双眼，却无法安睡。辛酸的往事历历在目，这回，他可以心安理得地将那些往事甩到身后。几年间，他犹如一匹赛马，用尽洪荒之力拼命往前冲。当到达彼岸后，陡然间，他觉得又是一个新的起点。

"羚锐公司上市了，就摆在我们眼前，这是不争的事实。可当初熊董说羚锐公司要上市的时候，我们大都不相信自己的耳朵，因为有很多实际问题解决不了，所以当时支持他的人几乎没有。在最难的时候，我觉得只能放弃了，可他认准的事，再苦再难，也要坚持下去，永不放弃。他让公司所有的员工看到了熊董这个大别山人磐石般的理想信念，大山般不屈不挠的奋斗精神。"李福康敬佩地说。

2000年9月14日，4 000万A股股票在上海证券交易所上网发行，共募集资金3.32亿元，扣除发行费用后，实际募集资金3.2亿元。

10月18日，上海。我国金融之城，天高云淡，气候宜人。

这天对全体羚锐人来讲，是一个吉祥的日子，值得纪念的日子。羚锐股票正式在上海证券交易所挂牌交易。与羚锐一块上市的有三家企业，熊维政代表羚锐公司在上市鸣锣仪式上发表了热情洋溢的讲话，描绘羚锐制药的广阔发展前景，推介羚锐制药股份。熊维政讲完话后，随即一阵小跑上去，兴高采烈地敲响了上市之锣。激扬悦耳的锣声向世人宣告，羚锐公司进入了一个崭新的发展阶段。信阳市委书记李中央、市长刘怀廉等领导亲自到上海证券交易所向羚锐公司董事长熊维政表示祝贺。

老首长李德生将军专门从北京发来贺电。

接着，按照惯例，中国证监会驻郑州特派员与上海证券交易所，在上海证券交易所二楼会议室召开河南羚锐制药股份有限公司上市座谈会。

羚锐公司成功上市，使公司的资产迅速膨胀，总资产达5.1亿元，净资产达4.1亿元。正如熊维政所言，公司的上市，无异于给公司安装上腾飞的翅膀和强劲的助推器，依法合规的融资，为公司的进一步发展、多元化经营提供了可靠的资金保证。

　　每个公司只要依法合规经营，管理规范，当它的资产达到一定程度时，都可以上市。上市能使企业发展得更快，有利于利用经济发展规律促进我国经济体制转型和建立市场经济。

　　李老语重心长地对熊维政说："你们生产药一定要生产好药，不能生产假药，坑害老百姓，这是前提条件。家乡的公司达到了上市的条件，这是最根本的要求。你叫我写信，我都乐意写，发展革命老区经济，是件大好事嘛。"在各级领导的关心支持下，不久，羚锐公司接到中国证券会的正式通知，要求上报上市的一系列材料。

全面扩张

　　上市募集资金到位后，熊维政马不停蹄，丝毫不敢懈怠，迅速按照羚锐公司《招股说明书》披露的项目，全面组织实施。羚锐公司募集资金投资项目主要集中在三个方面：一是围绕新县硬膏剂、搽剂车间及辅助车间，实施GMP(药品生产质量管理规范)改造，扩大规模，使之成为羚锐公司以外用药为主的生产基地；二是围绕信阳分公司的搬迁，按照GMP的要求新建片剂、胶囊剂（软胶囊）、颗粒剂、注射剂车间，使之成为公司以内服药为主的生产基地；三是围绕提高公司技术开发中心水平，为羚锐公司的发展奠定坚实的技术基础，着手组建科技开发公司。2000年，完成了新县膏剂、搽剂等外用剂型车间的GMP改建工程任务；信阳分公司的搬迁工程也在按计划实施，完成了征地工作任务，并组织规划设计；与北京化工大学、中国中药研究院等高等学府和科研机构签订了共同组建"北京羚锐伟业科技有限公司"协议，确定了共同投资的意向。上市项目的顺利实施，一方面公司实现了对股东的承诺，另一方面也为公司下一步发展奠定了基础。

　　规范资本运作，启动证券投资业务。为了迅速壮大企业实力和规模，羚锐公司实施低成本扩张的投资方针，按照科学决策、谨慎投资的原则，公司规范了收购、兼并、参股、控股等资产重组和资本运作的程序和方法。成立资本运作机构和募集资金使用领导小组，为进一步科学决策，避免投资失误提供了组织保障。以合资的方式与商城制药厂共同出资组建了"河南羚锐商城制药有限公司"。此项目建成后将盘活公司存量资产近100万元，拓展公司经营范围。同时为了适应公司上市后的发展需要，公司正式成立证券部，规范公司上市后各项业务开展。

继续加大产品开发力度，优化产品结构。为了保持公司快速稳健发展，继续坚持"生产一代、储备一代、开发一代"的产品开发和科研方向，采取逐步投入连续开发的措施，在产品开发和科研方面取得了较好的成绩。一是按照要求并结合公司长期发展规划，建立省级技术中心，为公司加强科研力量，提高技术水平奠定了基础。二是加强新药研制开发工作，羚锐公司开发的培元通脑胶囊、通络祛痛膏两个国家三类新药，已于2000年4月和6月分别获得了新药证书和生产批文，全面投入生产并投放市场。三是注重收集新药项目信息和加强中药品种保护的注册工作。共收集各类新药项目信息50余条，并对重点项目进行了考察和论证分析，为新药立项打下了基础。同时，积极开展了公司目前产品的品种注册工作，完成野苏颗粒、壮骨麝香止痛膏申报中药品种保护的注册工作；完成参芪降糖胶囊、咳宁胶囊、野苏颗粒实行标准转正的申报工作；参芪降糖胶囊、辣椒风湿膏申报省医药局颁发科技进步一等奖和二等奖；通络祛痛膏入选国家科委重点科技攻关项目。新产品的开发研制，现有产品的保护注册和科技成果的申报，为羚锐公司的发展储备了新产品，增添了发展后劲，进一步树立了羚锐公司的产品品牌形象。

"羚锐公司也有些高管对上市充满恐惧感，只看见公司上市后的困难和不利因素，瞻前顾后，畏缩不前，什么也不敢去做。这种情绪和思潮曾令我一度想退出羚锐公司，自己另起炉灶，单干。赵志军对我说，任何事物都有其两面性，我们不能因为害怕米里有沙不去吃饭，水里有细菌不去喝水。我们要看到长处，看到发展，看到前面的曙光。是赵志军坚定了我继续做下去的勇气和信心。"熊维政说着，一杆将高尔夫球打进洞里。

2000年4月，由于熊维政工作成绩突出，被授予"全国劳动模范"光荣称号，作为药学专家享受国务院津贴。

第五章

二次创业

顽强的毅力可以征服世界任何一座高峰。

站在新起点

几度风雨，几度春秋，风霜雪雨搏激流。羚锐公司在董事长、党委书记熊维政的率领下，以"诚信立业，造福人类"为企业理念，发扬"团结、进取、创新、奉献"的企业精神，励精图治，顽强拼搏，从1992至2002年十年间，由一个作坊式的小工厂发展成为一家拥有较大规模的上市企业，完成了原始积累，实现了企业的"蝶变"。羚锐公司拥有橡胶膏剂、片剂、胶囊剂、颗粒剂、酊剂、口服液、乳膏和油膏等八大类近百种产品，其中包括通络祛痛膏（骨质增生一贴灵）、培元通脑胶囊、参芪降糖胶囊等河南省名优产品和胃疼宁等国家中药保护品种；生产设备和检测仪器均达到国内一流水平，生产技术和工艺保持国内同行业领先水平；拥有独立国家认定企业技术中心和高素质的科研队伍，建立了严格的三级质量监控体系；橡胶膏剂、片剂、胶囊剂、颗粒剂生产车间率先通过国家GMP(药品生产质量管理规范)认证，成为国内橡胶膏剂药业中首先实现质量标准与国际接轨的企业。

熊维政始终以发展民族药业，振兴革命老区经济为己任，坚持科技创新，实施品牌战略，以市场销售为龙头，依靠卓越的产品质量，强势的营销网络和优质的售后服务，满足社会公众健康需要，实现了公司与客户的共同发展。在推崇人文管理的同时，建立了ERP（企业资源计划）管理系统，不断提升企业管理运营水平，在确保综合经济效益指数持续增长的基础上，实现企业超常规发展。羚锐公司资产总额已由创建之初的298万元增至近6亿元，控股、参股北京羚锐伟业、北京羚锐卫材、武汉健民等十家企业，拥有多家科研、生产基地，其中，河南省新县羚锐工业园区已成为全国最大的橡胶膏剂药品生产基地之一。

熊维政大胆改革，勇于开拓，以全新的现代化管理理念和规范的企业法人治理结构，创立了独具特色的"羚锐管理模式"，走出了一条老区、山区、贫困地区兴办企业的新路子。

羚锐公司先后被评为"全国中药系统先进集体"、"全国医药优秀企业"、首批"全国精神文明建设先进单位"；建党八十周年之际，公司党委被命名为"全国先进基层党组织"；2002 年 2 月，"羚锐"商标被国家工商总局认定为"中国驰名商标"，成为国内橡胶膏剂药业首件驰名商标。羚锐制药被誉为中国橡胶膏剂的第一品牌。

成绩固然喜人，但熊维政没有被胜利冲昏头脑，他头脑冷静，眼光犀利。在商海搏击，他以娴熟的技艺对自己的企业"望闻问切"。随着企业的发展壮大，一些因素已经成为制约企业发展的瓶颈：如何适应市场需求，进行产品结构调整，形成更大的产业规模；如何转换经营机制，争取更大的市场份额和主业效益；如何培养和吸引高层次的技术、管理人才，为企业的发展提供人力资源保障；如何激发团队活力，提升企业文化增强企业可持续发展能力；如何实行资本运作，提高公司的规模效益；如何通过期权和持股方式，健全和完善激励机制，确保企业持续稳定发展；如何加强学习和创新，增强企业的核心竞争能力；如何做到与时俱进，克服小富即安的小农意识和夜郎自大、固步自封、不求进取的因循守旧思想；如何使企业立足新县，争取更多的优惠政策，吸引投资，推动老区经济、企业加快发展，等等。

2002 年，熊维政举办了"羚锐与老区经济发展论坛""羚锐发展战略研讨会""羚锐产品战略研讨会"等一系列活动。在论坛和研讨会上，熊维政不含糊，不遮丑，不护短，把羚锐公司发展中遇到的问题与困惑全盘端出，请专家"把脉"和"会诊"，并请专家开出"药方"。通过研讨交流，理顺了企业发展思路，解决了企业发展中遇到的瓶颈问题，研究制定了羚锐公司十年发展规划和战略目标。根据我国加入 WTO 以后的宏观经济形势和国家的医药经济政策，制定了羚锐公司 2003 年至

2010 年总体发展目标。即羚锐公司"二次创业"工程一期目标。

"二次创业"工程一期目标：从 2003 年至 2010 年，确保主营业务各项经营指标每年以 20% 以上的增幅稳步增长，如期实现配股和增发新股，并保持持续融资的能力，努力使生产能力扩大五倍以上，到 2010 年，资产总额达到 50 亿元，销售收入达到 30 亿元，利税达到 5 亿元。把公司发展成为集生产、研发、投资和贸易于一体的现代化大型企业，使羚锐品牌初具国际影响力。

"我们提出的二次创业的目标不是空中楼阁，盲目画饼，我们是审慎的，理性的，是建立在对我们自身能力的充分评估，以及对国内外经济形势发展变化的科学判断的基础之上的，是切实可行的，完全能够实现的。羚锐制药这种发展速度和经济效益与发达地区的先进企业相比微不足道，但在素有'工业死亡之地'的大别山深山区，却是外界关注的一种经济现象。"春寒料峭的清晨，熊维政在工地食堂里，一边吃面条，一边说道。

努力打造"中国膏药之王"

　　"二次创业"的战略构想，对羚锐公司而言又是一个新的起点。熊维政董事长十根手指弹钢琴，君臣佐使，审时度势，运筹帷幄，演奏出羚锐发展时代的动人乐章。

　　加快膏药主业的发展，把主业做强做大。坚持走中药现代化发展之路，真正打造中国乃至世界闻名透皮吸收型膏剂药物品牌，使羚锐制药成为公众心目中膏剂药物品牌的象征。在主业上做出特色，做成第一品牌、强势品牌，就掌握了这个行业的知识产权和行业标准。只有这样，羚锐才能处在价值链的中间位置，别人要想进来，就要按照羚锐的规则行事。羚锐公司则可以对上游和下游的资源进行整合利用，使之形成统一的价值链。同时，要充分利用资本市场和上市公司的融资平台，加快并购、联合和重组的步伐，实现强强联合，形成自己的联合舰队，最终打造自己的航空母舰，以增强企业市场的竞争力和抗风险能力。因此，首先要在技术上创新。通过解决透气、粘毛、脱色等难题，保持产品市场的领先性；其次以资本为纽带，与国内外的透皮贴剂企业强强联合，不断扩大规模，共同开发国内外膏剂药物市场；再次是把现有的产品进一步开发好，扩大产品占有率，着力培育具有公司主打产品骨质增生一贴灵一样知名度的膏剂药物主导产品。

　　实施品牌带动战略，适时进入生物制剂和中药保健品市场。在打响中药膏剂品牌地位的基础上，带动其他产品的发展。诸如治疗心脑血管疾病类培元通脑胶囊，治疗消化系统疾病类国家中药保护品种胃疼宁、复方拳参片、青石冲剂，治疗糖尿病类国家中药保护种参芪降糖胶囊等；

选择得力的合作伙伴，适时涉足生物制药领域，力争取得较大市场份额；在已整合河南绿达保健品股份有限公司，组建河南羚锐保健品股份有限公司的基础上，力争把保健品做强做大。

立足高起点，进行银杏叶系列产品开发。随着科技的发展，银杏制剂品质不断提高，市场行情日趋活跃。新县是全国四大优质银杏基地之一，有数万亩采叶林和近万棵古银杏树，开发好这一资源，可使之成为山区农民的绿色银行。羚锐公司将与国内有关科研机构和美国、德国有较强实力的公司合作，进行高层次的产品开发，目标是立足于高起点，开发高档产品，打入国际市场。

建设好"三大基地"，实施规模效益。把新县作为外用药生产基地，主要生产橡胶膏剂、酊剂、软膏剂（油膏剂、乳膏剂）、栓剂等；把信阳作为内服药、针剂生产基地，主要生产片剂、胶囊剂、冲剂、丸剂和针剂等；在北京中关村建立药物研发基地。2001年4月，羚锐公司与北京化工大学、中国中医研究院中药研究所共同投资组建北京羚锐伟业科技有限公司，公司已被认定为北京市高新技术企业。羚锐公司将充分利用北京的人才、科研、技术、消息等优势和羚锐公司自身的生产、市场、资金等优势，走产、学、研一体化的道路，开发具有国内国际领先水平的新产品和新技术，从而更好地满足企业后续发展的需要。

走中药现代化发展之路，积极实施GAP（中药材生产质量管理规范）种植项目。当前国际社会，以人类生命为本的生产环保意识已经成为人类健康走向未来的共识，人们对生命系统健康意识的责任感、强调生命态势的尊严与不可侵犯性对生命所获得的健康指数与忧患意识，达到了前所未有的高度，这为中医药的发展带来了机遇。中医药是中华民族的国粹，在国际竞争中，中国具有无可比拟的知识产权优势。因此，中医药也将是国家重点扶持的产业之一。中医药走向国际的必由之路是实现中医药现代化。在中医药现代化进程中，中药企业首先面临的是药源标准化的问题。为此，国家大力扶持GAP种植项目。羚锐公司所在地新县地处由亚热带向温带过渡的江淮分水岭，生态环境十分适宜于中药材的种植。羚锐公司将充分利用这一优越条件和国家实施退耕还林工程的大好机遇，筛选出羚锐产品中适宜在当地种植的主要药材，建立 GAP 种植基地，采取管、产、学、研相结合模式，形成规模化产业链条，增加当地农民收入。羚锐公司已初步筛选出银杏、桔梗、山楂等几种主要中药材，计划利用信阳市良好的生态环境条件和退耕还林的政策支持，实施 GAP 种植基地项目建设。立足于此，科学制定种植规划、技术标准，积极推广银杏、桔梗、山楂等几种主要中药材的种植，逐步扩大基地规模，形成产业效应。前期在羚锐公司总部新县和信阳筹建示范基地，种植试验成功后再大面积推广，使新县成为国家级中药材种植基地，然后，可以考虑根据市场行情筹建中药材精制饮片厂。

实施强强联合，向规模化、集约化发展，进一步提高资本运营能力。充分利用企业上市后知名度和信誉度的提高，在业内寻求品牌与效益良好的企业强强联合。通过规模效益的提升，计划于2004年实现配股，2007年和2010年分别再配股或增发新股一次。也可以利用债务筹资，降低财务风险，控制融资成本，并通过科学的投资决策和较强的资本运作能力，寻求符合国家产业政策，回报率较高的投资方向，实现纵向一体化发展，建立上下游、左右侧互补的经营结构，积极涉足房地产等行业。

在推进"二次创业"工程过程中，羚锐公司还将深化企业股权改造。完善占有制，使企业股权适度集中，并立足于此，鼓励企业员工和经营者持股，使股权结构更有活力，进而以羚锐制药、羚锐保健、羚锐生物药业等为子公司，组建河南羚锐集团，迅速提高企业的孵化能力，不断扩大企业规模，形成集团化经营，集中优势资源，使企业得以快速发展。占有制是产权制度和现代企业制度非常重要的组成部分，经营者是占有制的人格化，现在所有者起的作用越来越间接，越来越弱化，而经营者起的作用越来越直接，越来越强化。经营者是以劳动形式实现的知识、资本投入者，所以应该用视之为知识、资本投入者的态度来对待他们。要建立起对经营者完善的激励、约束和保护机制。要加快所有制方面的改革步伐，让员工与企业的命运联系更紧密，捆绑更结实；让员工真正做到与企业同呼吸共命运；让他们以企业为家，将个人的发展与企业的发展结合起来，更有激情、更有创造力地投入工作，使员工真正成为企业的主人。

科技创新推动

2005 年 3 月，在首届中医药发展高峰论坛上，熊维政侃侃而谈："透皮贴剂是传统中药的四大剂型之一，有着悠久的历史，古代名医华佗也多用透皮贴剂治病济世。由于透皮贴剂在治疗中无痛苦，疗效好，使用方便，千百年来一直受到人们的青睐。但受传统习俗的影响，生活中人们常常把透皮贴剂当成小儿科，总觉得成不了大气候。羚锐公司偏偏在透皮贴剂这个领域找到了大市场，创出了知名品牌，把小儿科做成了大品牌。目前，羚锐公司正全力打造中国橡胶膏剂第一品牌。"

羚锐公司坚持每年提出销售收入的 5%—8% 作为科技专项资金，积极开展技术创新和科研开发。建立了国家级企业技术中心、北京羚锐伟业科技研发中心、经皮给药制剂工程技术研究中心、药品检测中心和博士后科研工作站，建成了一个集产品研发、技术研究、检测等一体的现代化标准研究中心，培养了一支高素质的专业技术人才队伍，造就了一批富有开拓创新精神，能力强、有影响力的经皮给药技术专家，加快了新产品开发步伐，促进了企业自主创新能力，提高产品技术含量，为奠定透皮吸收型膏剂药物第一品牌地位提供了强有力的技术支撑。

羚锐公司将工作重点放在技术创新和生产工艺设备技术改进上。研究中心在副总经理杨义厚的领导下，挖掘传统透皮贴剂，集中技术力量进行二次研发，推出了通络祛痛膏（骨质增生一贴灵）、壮骨麝香止痛膏等治疗骨性关节病、风湿病具有多种功效的系列透皮贴剂产品，同时推出酸痛宁贴等保健贴膏产品。研究中心按照熊维政董事长"生产一代、贮备一代、开发一代"的要求，不断开展技术创新，发掘新产品。羚锐公司已拥有结构合理、特色突出、技术含量高的产品群。

2002 年，羚锐公司与华中科技大学合作首创了将激光制造技术引入橡胶膏剂药品生产工艺，开发研制出拥有自主知识产权的"膏剂在线激光切孔设备"，获国家发明专利和实用新型专利。此专利技术属国内独创、国际领先水平。在采用密闭式热压法、热溶胶生产工艺的同时，对烘箱温控、加热系统和激光烟道进行技术革新改造，克服了温控系统设计上的缺陷，成功生产出新的透皮贴剂产品，提高了产品科技含量，使透皮贴剂生产技术的开发达到国内一流水平。

羚锐集团已经发展成为国内最大的橡胶膏剂（透皮吸收剂型）药品生产企业。2007 年年生产橡胶膏剂达 20 亿贴，并通过不断创新发展，在全国形成独具特色的营销网络和经营模式，形成了良好的品牌优势和规模优势。

在信阳市市委市政府郭瑞民、乔新江、尚朝阳等领导同志的关心下，在新县县委县政府詹玉锋、杨明忠、吕旅、夏明夫等领导同志的大力支持下，羚锐集团百亿膏剂项目于 2015 年 10 月 18 日，在新县产业集聚区大别山中药生态科技园奠基，并顺利进行建设。这是羚锐集团"二次创业"的关键战略举措。项目占地 325 亩，总投资近 6 亿元。其中一期投资 3.6 亿元，计划 2017 年 9 月建成投产。项目引进中药提取、制剂全程自动化设备以及立体数控自动化物流仓储系统等先进智能化节能设备。项目建成后将达到年产百亿贴膏剂和百亿吨酊剂生产能力。新增社会就业 1000 余人，实现年创利税 5 亿以上，成为国内一流、国际领先的橡胶膏剂生产基地。为打造中国透皮贴剂第一品牌和百年羚锐、百年品牌奠定了坚实基础。

产品转换

　　2006 年，有个问题困扰熊维政很长时间。羚锐公司主导产品、效益产品骨质增生一贴灵械字文号于 3 月份到期。如何将通络祛痛膏与骨质增生一贴灵进行市场有效对接，他反复思考，如果在通络祛痛膏的外包装上标明"通络祛痛膏（骨质增生一贴灵）"字样，无疑是一种很好的解决办法，这样，新老用户一目了然，都能接受。为此，他报请国家药监部门审批，将骨质增生一贴灵字样过渡引用到通络祛痛膏的包装上。

　　面对市场，面对新的形势，羚锐公司加大了通络祛痛膏（骨质增生一贴灵）、壮骨麝香止痛膏等膏剂主导产品的销售力度。一是首次按照现代企业的市场运作方式，在充分调研的基础上，对主导产品通络祛痛膏（骨质增生一贴灵）进行了准确的品牌战略定位，将其定位为"骨质增生专用透皮贴剂"，确定了其市场卖点和消费人群。在此基础上，制作了创意新的"俏夕阳"版广告，在央视等媒体集中投放。二是以新旧产品的成功转换为契机，聚焦通络祛痛膏（骨质增生一贴灵），积极引导销售人员高度重视通络祛痛膏（骨质增生一贴灵）的终端铺货、销售。在销售策略上将通络祛痛膏（骨质增生一贴灵）作为整个销售工作的主攻方向，全面调整经营思路，创新经营模式。通过销售年会、季度分析会、片区工作会和产品专题会等不同形式，对营销人员进行强化培训，统一思想，转换观念，强化责任，加大执行力，全力以赴地做好新旧产品的推广转换工作。三是以郑州全国药交会为契机，通过邀请全国 82 家大客户经销商来羚锐公司考察，成功组织了历史上规模最大的一次"羚锐制药 VIP 经销商联谊会"活动，集中展示企业形象，强化与客户的沟通和联络，密切了客户关系。四是调整经营思路，推行"大广告、精细终端"的模式，完善销售管理制度。在团队建设、队伍规模、人员管理等方面因地制宜，综合考评销售、毛利与人均劳动效能等多项指标，采取激励与淘汰措施，合理调配人、财、物等营销资源。五是加强与《中国药店》《环球时报》《医药经济报》等媒体合作，积极参加郑州第五十五届全国药品交易会、第十二届商品交易会等全国性的药交会、展示会和北京王府井"3·15"大型咨询宣传活动，强化企业形象宣传，为新旧产品顺利对接提供有力支持。六是强化资信管理市场和产品市场保护。对内，坚决停止超资信商务代表的供货，对外，积极清理客户资信状况，优化客户资源。同时，严厉打击市场"窜货"行为和对羚锐药品的侵权现象，促进销售，维护市场和羚锐品牌。七是规范营销管理。非质量原因不允许退货，从根本上杜绝了退货混乱的现象，每年因此减少数百万元的损失。八是实施品牌效应。运用药品提价策略，将普通壮骨膏由原来的1.6元提到1.8元，进一步提升了壮骨膏的销量。由于成功实施了聚焦通络祛痛膏（骨质增生一贴灵）的强势宣传和营销战略，并实施了品牌拉动，激发广大营销将士迎难而上，积极开拓通络祛痛膏（骨质增生一贴灵）销售市场。

2006年，羚锐公司首实现主营收入3.92亿元次实现了当年销售回款额大于销售发货额。主导产品通络祛痛膏（骨质增生一贴灵）实现了成功转换。通络祛痛膏（骨质增生一贴灵）和壮骨麝香止痛膏的单品销售额均突破亿元大关，稳住了原有的市场份额。

现款现货

2007 年之前，羚锐公司的营销模式是实行产品赊销制。这种营销体制无疑给销售回款带来了一定的工作量和难度。除商家不愿意付给货款之外，公司有的销售员将收回的货款滞留在手中，挪作他用。这个问题如果不及时得到解决，势必给公司造成巨大经济损失。

董事长熊维政与总经理李福康经过深入细致的市场调查，由李福康总经理执笔写出了一篇《关于现货现款的思考》的调查报告。经过与班子成员反复讨论研究，决定对销售模式及其管理体制进行变革创新。一是实行现货现款。从根本上杜绝应收账款的发生，彻底解决长期以来异地存货、应收账款居高不下、前清后乱的现象，最大限度地减少呆坏账损失，增加现金流。二是优化客户资源，实施商业渠道扁平化，逐步推行一级经销、二级分销的渠道模式，以此化解客户风险，确保现货现款的实施。三是全面落实区域经理负责制，加大考核力度，建立健全激励与约束机制，并将终端费用集中到区域使用，以此来明确责任、方便考核，消除业务费滥用和虚报冒领的现象，使其更好地发挥应有的作用。四是统一考核标准，简化考核手续，减少内勤和管理人员。五是通过与专业策划机构合作，理顺渠道，扩大销售，争取外用膏剂销售突破4亿元大关，通络祛痛膏单品销售达 1.5 亿元以上。

与此同时，熊维政双管齐下，指派精通法律具有律师资格的副总经理李进负责应收账款的清收工作。随着现货现款这种营销模式的改变，从源头上斩断应收账款的发生，便于公司清欠部门进行货款的清收。李进副总经理抓住这一关键机遇，一方面加大清欠工作力度，全力做好应收账款的清收工作；另一方面进一步完善资信管理制度，严格资信管理，最大限度地降低经营风险。同时，在李进的主持下，公司出台相关政策，将新老应收账款划清划断，确定回收期限。在期限内收回的，仍然予以考核提成；期限内没有收回的，加收利息，并移交给清欠办处理；对抗拒不上缴货款的，会同公检法等职能部门，依法追究刑事责任。力争用一至两年时间，全面解决困扰公司多年的应收账款问题，打一场清欠工作攻坚战。

熊维政神情凝重，拿起火柴点燃一支烟说："2007年可谓公司的'变革创新'年。开始我以为现货现款影响公司的效益，没想到在销售团队强有力的推动和执行下，丝毫没有影响公司的销售业务。而清欠工作到最后阶段，举步维艰。可李进以公司利益为重，无所畏惧，硬着头皮开展工作，最终打赢了清欠工作这场无硝烟的战争，使公司最大限度地减少了损失。"

突破销售瓶颈

市场不相信眼泪，潮起潮落，变幻无常。2008年，在中国的历史上注定是一个极不寻常、极不平凡的一年。这一年光荣与梦想同在，灾难与危机共存。特别是年初南方严重低温雨雪冰冻灾害和下半年席卷全球的金融危机，给市场销售带来了不利的影响。但所幸的是医药行业是一个防御性的行业，所以，即使在经济寒冬，整个医药行业依然保持了较快的增长。1至11月份，全国中成药工业企业销售收入增长20.5%，但羚锐公司未能达到这个平均水平，经济危机致使羚锐公司的主营产品蒙受了较大的损失。

同时，中国资本市场也遇到了前所未有的困难。经历过2007年的波澜壮阔，2008年出人意料地坐上了下降的"过山车"，从年初的5261点直接下滑到年末的1820点，降幅惊人，达到65%。羚锐公司的投资也由2007年的巨大收益转为2008年的大幅度亏损，给公司业绩带来相当大的压力。

自2008年起，羚锐公司连续几年整体销售增长缓慢，未达到"二次创业"提出的年增长20%以上的奋斗目标，根本原因是销售的"瓶颈"问题依然没有从根本上解决。

只有亏损的企业，没有亏损的行业。熊维政看着报表，心急如焚。他来回地在办公室踱步。他想：最近，新县被列为"比照实施西部大开发有关政策范围"，享受国家优惠政策。这一政策将给公司带来更大的发展空间。面临千载难逢的机遇，要正视现实，加快企业变革和转型，促进公司快速发展。

全国中成药工业企业销售收入增长，而羚锐公司未能达到全国的平均水平的问题；羚锐公司资本市场大幅度亏损的问题；公司的整体销售增长缓慢的"瓶颈"问题，等等。总地来说，这些问题出在人和管理机制的因素上。一是公司销售团队的主要领导主观能动性发挥不够，或者说是能力不足；二是集团总部对宏观经济和行业政策的研究明显不足，集团的战略掌控能力不足；三是管理机制存在缺失，需要调整、修改和创新。

"堡垒攻不破，我们就挥泪换将。这并不代表他以前的工作做得不好，全盘否定他的成绩，没有以前的销售打下的良好基础，也不会有后来者大步跨越的发展。我们真的应该感谢他们，但他们也要支持和理解我们的无奈和苦衷。因为羚锐公司肩负着老区人民的重托，要不断地向前发展。"熊维政遗憾地说，"在商城汤泉池销售工作促进会上，我顶着各方面的压力，换掉了销售老总我的亲弟弟熊维平。可销售业绩依然不理想，销售老总换了好几茬，在整个公司引起一阵阵轩然大波。但他们深明大义，十分理解公司的决策，没有丝毫的怨言，表示坚决拥护公司的决定。他们对羚锐公司做出了重大贡献，羚锐人应该记住他们，感谢他们！"

羚锐集团在战略决策及管理层面上，为了实现公司"市值管理"的既定目标，董事长熊维政率领领导班子和新的销售团队连续打出了一套组合拳。

坚定不移地贯彻"市值管理"理念，持续增强企业核心竞争力。一是根据不断变化的市场需求，进行销售模式和内容的创新。透皮贴剂事业部在对重点市场进行调研，坚持先款后货的基础上，内部实行由区域分散的销售政策导向向公司统一的营销方案导向转移，外部推行由过度依靠销售渠道促销向深度分销和面向消费者的终端促销转移，变革区域营销人员绩效考核体系，进一步规范、完善各项营销政策和营销措施，并在巩固原一级经销二级分销OTC（非处方药）蓝海市场的同时，组建成立了医院开发领导小组，逐步加大对医院市场的开发力度；同时在全国范围内大张旗鼓地开展诸如"春耕大行动""共赢怡夏""红色旋风""携手羚锐·心系大别山"等终端促销及联谊宣传活动。信阳分公司根据各品种市场发展状况，在注重高端OTC(非处方药)产品销售的基础上，探索和创新以经销商代理为重点的营销模式，在精细化招商的过程中，坚持"质量优先，宁缺毋滥"的招商原则，建立了"总体指标挂钩，动态任务管理为主"的销售管理流程。销售业绩创出了历史新高。二是实施科技引领战略，紧紧把握国家战略发展机遇期，迅速启动年产5 000万贴芬太尼项目一期工程、保健品公司迁建、生物药业扩建、工业园区综合服务区等项目建设，为推动公司上规模上层次、稳质量创效益奠定坚实基础。三是公共事务部密切关注政策变化和走向，积极争取国家优惠政策，申报芬太尼国债、国家企业技术中心创新能力建设等国家、省级项目，申请国家项目补贴资金2 400余万元，为公司的产品研发和工艺技术革新提供了强有力的资金支撑。四是信阳分公司组织专项QC(质量控制)攻关小组，深入分析生产工艺中制约产能、影响质量的"瓶颈"原因，通过更新干燥设备，取消制粒工序，干浸膏直接压片等一系列技术改进，减少了药品生产过程中的污染机会，大大提高产品质量和生产能力。

坚定不移地科学实施预算管理，健全完善内控体系建设。羚锐公司采取自上而下到自下而上的审核程序，用经营计划及零基预算等方式科学确定了各部门、各事业部的全年预算，各责任主体贯彻落实全年预算目标，精打细算、节能降耗。透皮贴剂事业部不断完善采购管理流程，规范采购程序，专程实地考察、询价、货比三家，力求降低采购成本；信阳分公司对大宗药材进行集中招标采购，对单味贵重、量大药材实行单品种招标，降低采购成本。加大对集团财务的管控力度，公司将各控股公司与透皮贴剂事业部、信阳分公司一起纳入价值考评体系，出台了《控股公司财务负责人管理办法》，修改完善了《财务人员管理办法》《高管薪酬管理办法》《绩效管理细则》《全年培训计划》，建立了财务条线日常信息沟通机制和各事业部、控股公司财务负责人季度述职报告流程，变事后监控为事前、事中监控，强化财务监控职能。

坚定不移地坚持以人为本，努力提升员工价值。一是公司起草下发了《关于加强人力资源管理工作的若干规定》，进一步理顺了总部与事业部人力资源管理模式，明确了管理流程。二是聘请北大纵横咨询公司对羚锐公司薪酬激励制度进行创新设计，力求打造有竞争力的薪酬体系，通过薪酬的提升来吸引人，进而达到留人用人的目的，逐步建立起适合羚锐发展模式的整套方案，重点加大对质量技术人员薪酬的倾斜。三是在干部任用上，人力资源部建立起一套科学的入职访谈、年中访谈、年度考评程序，并坚持执行，详细考察管理干部的德能勤绩，及时总结经验，解决发现的问题，并通过访谈进行人才储备，满足公司用人需要。四是在大幅降低管理费用的情况下，大幅度增加员工培训费和研发的项目奖励经费。先后组织公司各部门负责人到信阳新世纪大讲堂参加《团队组织建设》的培训讲座，组织事业部及部门骨干参加了新世纪大讲堂组织的《企业文化建设》的培训讲座；利用五一假期组织优秀员工到天台山拓展基地参加拓展训练；公司还与河南中医学院、信阳师范学院等高等院校联合招生，定向培养羚锐发展需要的研发、营销等专业人才，为企业发展补充后备力量；透皮贴剂事业部连续输送十多名优秀地区总经理到中国人民大学EMBA进修学习。经过综合考评与面试，把一批优秀的基层车间员工和优秀的OTC(非处方药)代表转正，增强员工的归属感。

基药奠基

2009 年 8 月，我国启动国家基本药物制度建设。由国家卫生部、发展和改革委员会、工业和信息化部、监察部、财政部、人力资源和社会保障部、商务部、国家食品药品监督管理局、国家中医药管理局等九部门，于 2009 年 8 月 18 日发布《关于建立国家基本药物制度的实施意见》，正式启动国家基本药物制度建设工作。实施意见指出，制定和发布《国家基本药物目录》，按照防治必须、安全有效、使用方便、中西药并重、基本保障、临床首选的原则，结合中国用药特点和基层医疗卫生机构配备的要求，参照国际经验，合理确定中国基本药物品种剂型和数量，在保持数量相对稳定的基础上，国家基本药物目录实行动态调整管理，原则上每三年调整一次。

政府举办的医疗卫生机构使用的基本药物实行省级集中网上公开招标采购，并统一配送。国家发展改革委员会制定基本药物全国零售指导价格，在保持生产企业合理盈利的基础上压缩不合理营销费用。基本药物零售指导价格原则上按药品通用名称制定公布，不分具体生产地、企业。实行基本药物制度的市县区，政府举办的医疗卫生机构配备使用的基本药物实行零差价销售。各地要按国家规定落实相关政府补助政策，确立基本药物优先和合理使用制度。政府举办的基层医疗卫生机构全部配备和使用国家基本药物，其他各类医疗机构也要将基本药物作为首选药物并达到一定的使用比例，患者凭处方可以到零售药店购买药物，基本药物全部纳入基本药品保障报销目录，报销比例明显高于非基本药物。

我国专门成立了国家基本药物工作委员会，负责协调、解决、制定和实施国家基本药物制度过程中各个环节的相关政策问题，确定国家基本药物制度框架，确定国家基本药物目录遴选和调整的原则、范围、程序和工作方案，审核国家基本药物目录。

熊维政强调说："国家实行基本药物制度，解决老百姓看病难、看病贵等问题，这是羚锐制药发展的利好机遇。有机遇，我们就要学习和顺应国家政策，把国家政策弄通弄懂，决不能错过机遇，千万要抓住它。据有关资料显示，2000 年，医改带来的药品增量至少在 1 000 亿以上，加上行业自然增长部分，预计未来三至五年医药行业的年增长率不会低于 20%。如果我们羚锐公司有一批产品进入国家基本药物目录，无疑对羚锐集团的发展起到巨大的推动作用。"

董事长熊维政亲自主持，积极向国家基本药物工作委员会申报，由于羚锐制药的产品普遍受广大消费者青睐，经国家基本药物工作委员会审批，羚锐公司 50 余种具备国家药品批准文号的药品入选 2009 年版《国家基本药物目录（基层医疗卫生机构配备使用部分）》；公司主要产品通络祛痛膏（骨质增生一贴灵）、壮骨麝香止痛膏、关节止痛膏、培元通脑胶囊、丹鹿通督片、参芪降糖胶囊、胃疼宁片等产品进入 2009 年版国家医保目录。通过广大销售人员的共同努力，通络祛痛膏、胃疼宁片、参芪降糖胶囊、培元通脑胶囊等产品进入全国 28 个省、自治区、直辖市医保目录，为公司开拓处方药市场奠定了坚实基础。

2009 年 4 月 21 日，国务院出台《关于扶持和促进中医药事业发展的若干意见》，加强中医药知识产权保护和利用，完善中医药专利审查标准和中药品种保护制度，研究制订中医药传统知识保护名录，逐步建立中医药传统知识专门保护制度。加强中药道地药材原产地保护工作，将道地药材优势转化为知识产权优势。国家为提高中药品种质量，保护中药生产企业合法利益，对质量稳定、疗效确切具有独立知识产权的中药品种实行保护。羚锐制药的通络祛痛膏、胃疼宁片、结石康胶囊、丹鹿通督片、培元通脑胶囊等产品被列为国家中药保护品种，主打产品通络祛痛膏和培元通脑胶囊被正式收载于 2015 年版药典。

有关爱 没疼痛

立足中国，放眼世界。将经皮给药产品和技术做成国际一流，是熊维政在"二次创业"中的重要战略布局之一。羚锐公司上市之后，他就带领公司技术人员多次出国考察，学习借鉴国外先进技术和管理经验，引进国外最先进的研究成果。本着"关爱患者，给癌痛病人以人文关怀"的目的，以科技进步为企业长期发展战略，在对国外经皮给药市场进行充分调研的基础上，熊维政决定引进国际最先进的经皮给药科研成果——德国莱普泰克公司的骨架型芬太尼透皮贴剂。

芬太尼透皮贴剂为人工合成的强效麻醉性镇痛药，其镇痛效果为吗啡的 80 至 100 倍，被誉为开创了癌症止痛的一个新时代。芬太尼透皮贴剂主要治疗作用为止痛和镇静。骨架型芬太尼透皮贴剂采用透皮给药高新技术，与同类镇痛药相比具有疗效可靠、安全性更好、副作用更小、半衰期较长、使用携带方便等明显优势。它属国家特殊管理药品，国家准入管理非常严格，对准入企业的技术、管理水平要求很高。产品市场前景十分广阔。

骨架型芬太尼透皮贴剂的引进，将会提高我国透皮贴剂研发和生产技术水平，进一步优化产品结构，提高产品科技含量及市场竞争力，对将羚锐公司打造成国际一流的经皮给药制剂生产企业，成为透皮贴剂行业的领跑者起着至关重要的作用。

"由于国家准入管理非常严格，从引进芬太尼项目的申报到审批，再到建厂生产，时间长达八年之久。项目的审批程序十分严格，过程十分艰难。在 2012 年 11 月，我们终于获得国家的批文。我国目前生产芬太尼的企业只有两家。我们将发挥自身已有优势，准确把握市场机遇，不断扩大市场份额，使骨架型芬太尼透皮贴剂成为羚锐公司新的经济增长点，推动羚锐制药在外用贴剂工艺技术方面迅速赶上世界先进水平。"熊维政满脸自信地说。

芬太尼事业部积极落实公司的战略部署，做好生产、质量管理、产品开发和营销等各项工作。完成透皮贴剂生产车间GMP（生产质量管理规范）认证；完成与德国莱普泰克公司的生产技术交接。开展生产工艺研究，经过组织系统的方案实施，使各个岗位的工艺参数、细节及上下岗位的结合达到了合理布局。2013年11月，骨架型芬太尼透皮贴剂实现了产品顺利投产，上市销售，填补了我国骨架型芬太尼透皮贴剂国产化的空白。

销售方面，在抓好销售队伍、销售市场建设的同时，利用公司的产品优势、品牌优势，积极寻求在肿瘤科药品领域的各省总代理和区域代理，充分借助代理商的渠道优势、网络优势和机制优势，扩大芬太尼产品的销售。经过广大销售人员的共同努力，已在全国各个省、市签订了芬太尼贴剂的区域代理推广协议，并由专职人员梳理、强化渠道跟踪管理，开拓维护公司麻醉药品销售新市场，实现与现代化学药业销售领域相衔接的工作机制。目前，芬太尼透皮贴剂已进入1000多家医院，其中，三级甲等医院300余家；启动了癌痛规范化治疗"百千万计划"，开展了CRPC（前列腺癌）癌痛规范化管理精英培训班、河南省合理用药培训班等学术交流活动，宣传癌痛治疗理念，推广芬太尼透皮贴剂产品销售市场。

由于芬太尼产品太过单一，而芬太尼透皮贴剂的市场份额还比较小，固定费用过高。在产品研发方面，羚锐公司积极进行药品的工艺研究，开发新产品。如羚锐驱蚊贴、吲哚美辛贴剂、晕车贴、戒烟贴等产品的工艺研发等，丰富芬太尼事业部的产品线，拓宽羚锐公司的经营范围。

"有关爱，没疼痛。"熊维政"医者仁心"，解除癌症病人的痛苦始终是他梦寐以求的心愿。由于芬太尼透皮贴剂属于麻醉药品等原因，捐赠芬太尼透皮贴剂给急需用药的癌症患者手续十分麻烦。2015年，国家开展扶贫攻坚，实施精准扶贫政策。熊维政主动申请，羚锐公司愿将拿出价值数亿元的产品捐赠给全国贫困户癌症患者。目前，羚锐公司正努力采取有效的方法和途径，努力做好捐献工作，希望通过此举为国家精准扶贫工作做出更大贡献。

熊维政高兴地说："贫困户的癌症患者用不起芬太尼透皮贴剂，羚锐公司是靠国家扶贫政策扶持起来的企业，不管花多少钱，只要解除贫困户癌症患者的疼痛，就是做对社会有益的事，我就无怨无悔，心满意足了。"

布局大健康产业

　　企业的发展要紧跟时代发展的脉搏，赶上时代发展的潮流，要与时代的发展同频共振。2013年9月28日，国家发布了《关于促进健康服务业发展的若干意见》，提出要坚定不移地深化医药卫生体制改革，坚持把基本医疗卫生制度作为公共产品向全民提供的核心理念。按照保基本、强基层、建机制的基本原则，加快健全全民医保体系，巩固完善基本药物制度和基层运行新机制，积极推进公立医院改革，统筹推进基本公共卫生服务均等化等相关领域改革，广泛动员社会力量，多措并举发展健康服务业。

　　作为朝阳产业的大健康产业，其市场前景十分广阔。随着我国医疗改革的进一步深化，集医疗、养老、保健等在内的多元化综合医疗大健康产业市场正逐步发展壮大起来。

　　"有四大因素加速医药健康产业的增长。"熊维政分析说，"一是人均可支配收入增加。据社科院统计，2011年，我国城镇居民人均可支配收入增长近7%，人均药品支出占居民可支配收入的比重已经提高到近10%。人均可支配收入，尤其是农村人均收入的高速增长，将有力促进居民用于医疗保健的支出。二是医保支付水平提高。在新医改的驱动下，国家全民医保体系正在逐步确立，国家用于医疗卫生体制改革的投入也在不断扩大。医保支付水平的提高将有力地促进居民用于医疗保健消费的意愿。三是人民自我药疗水平加强。国家经济的快速稳定发展，居民生活水平提高，促进了居民自我药疗的能力和水平的提升。四是人口老龄化速度加快。'十一五'期间，中国60岁以上老年人口增长3000万，'十二五'老年人口将超过2亿。因此，糖尿病、高血压等心脑血管疾病用药需求扩大。中医崇尚"治未病"，中药一直以来的市场基础以及其标本兼治的作用，将成为最大的受益领域。综观现状，健康产业是一个没有天花板的行业，中国中医药行业发展大健康产业正逢其时。"

在发达国家，健康产业已经成为带动整个国民经济增长的强大动力，健康行业增加值占GDP比重超过15%。而在我国，健康产业仅占中国国民生产总值的百分之四至百分之五，低于许多发展中国家。近十年来，我国健康产业发展十分迅速，2013年，我国大健康产业规模预计接近2万亿；到2016年"十二五"结束，我国大健康产业规模预计将超过3万亿，达全球第一。至2020年，国内大健康产业的产值规模有望占到GDP的10%以上，达到8万亿的市场规模。一批有能力、有眼光的制药企业已经涉足大健康产业，大大提升中国健康产业的研发、生产、营销能力，成为未来中国健康产业中新生力量的趋势。发展大健康产业已成为中药企业实现可持续发展的必然选择。

羚锐集团顺应时代发展的需求，坚持走"不以牺牲农业和粮食、生态和环境为代价的可协调发展之路"。立足大别山区发展大健康产业，有着其他企业无可比拟的自然资源优势。首先，具有品牌优势。羚锐商标是中国驰名商标，在消费者中有很好的口碑，羚锐集团生产的大健康产品很容易得到消费者的接受和认可。其次，大别山自然资源丰富，羚锐集团具有产、学、研一条龙的优势，可以很快将大健康产业做大做强做出规模。再次，羚锐集团具有产品生产、质量管理以及销售渠道的优势，可以使大健康产业发展过程少走弯路或不走弯路。

熊维政率领羚锐人抢抓大健康发展的战略机遇期，依托大别山绿色资源，结合自身中医药主业，大力发展绿色健康产业，实现绿色财富和生态财富共同增长，倾力重点打造出六大产业基地，打出不同凡响的几张牌。

一是羚锐新县产业集聚区的外用贴膏剂药品生产基地。其包括传统中药贴膏剂、软膏和理疗贴等产业，年产贴剂一百亿贴，是全国最大的橡胶膏剂药品生产基地之一。

二是羚锐信阳内服药生产基地。信阳羚锐健康产业园是国内先进的大型中成药口服药生产基地。

三是北京羚锐药物研究院。与中国中医科学院中药研究所等单位合作建立，系羚锐集团中医药研究开发基地，为企业可持续健康发展提供可靠的技术支撑。

四是和福建正山堂茶业有限公司合作组建的羚锐正山堂养生茶股份有限公司。立足大别山腹地丰富的中药材资源和信阳作为产茶大市、茶业主产区优势，充分利用羚锐和正山堂的品牌和技术优势，深度研发养生系列红茶，在中国茶都信阳打造了现代化养生茶产业基地。

五是依托新县优质纯天然油茶林资源，打造了"绿达"绿色山茶油生产基地。与相关企业合资组建了绿达山茶油股份有限公司，以"公司＋茶油专业合作社＋基地"的经营模式，把山茶油资源开发成企业增效、农民增收，有益消费者健康的绿色产业。目前，山茶牌山茶油继通过中国国家有机产品认证之后，又通过了美国农业部（USDA）的有机认证，成为第一个通过中美双重有机认证的中国山茶油品牌。羚锐山茶油必将超过橄榄油，在美国赢得广阔的市场。

六是借助羚锐品牌优势、营销优势和成熟的管理经验，用生产药品的质量和理念生产食品，打造食品加工产业基地。目前已开发出"筷子兄弟"香菇酱、姜压片糖果等多种老百姓喜欢的产品。

对于未来的经营战略，熊维政成竹在胸。他站在高高的山峰上，手叉腰间，凝望着远方的崇山峻岭，说："我们坚持科学发展观，加强战略整合。一要实施差异化战略。不断培育壮大经皮给药及口服药特色产业，打造自己的经皮给药膏剂航空母舰，稳定医药行业透皮吸收剂型药物强势品牌地位，创新销售模式，积极开拓市场，使经皮给药产品和独家口服药成为羚锐集团的主要利润来源。二要实施多元化战略。顺应国家经济发展导向，经营好中药口服制剂、软膏、乳膏、卫生材料、医药保健品、健康食品和饮品等领域投资项目，强化控股企业管理，提高盈利能力，确保投资收益，进一步分散和降低经营风险。三要实施外向型战略。依托北京羚锐进出口有限公司、美国山茶公司，积极参与国际竞争，开拓国际市场，使羚锐系列产品进入国际主流医药和食品市场。四要实施科技与管理创新战略。通过改进生产工艺、引入新技术，增加产品科技含量，从外观、疗效和性能等各个方面革新产品，最大限度满足消费者需要。同时，激励全员技术创新，形成人人创新、岗位创新的氛围；积极营造以效益为中心，以发展为目的，而且具有强劲执行力的企业文化，提高企业管理水平。五要实施资源整合战略。以市场为导向，以产品对路和固定资产可利用价值高为原则，整合国内外对企业发展战略具有补充作用的大健康产业资源，实施优势互补、强强联合，打造产业链，扩大产业规模。六要进行资本运作战略。继信阳羚锐健康产业园融资之后，力争将绿达山茶油公司、羚锐正山堂茶业公司和美国山茶公司等大健康产业推向资本市场。"

第六章

经营管理

无穷的远方，无数的人们，都和我有关。

中医药情结与生相随

"这是山楂，是羚锐胃疼宁片产品中用到的主要药材。"熊维政停下脚步，轻轻抚摸着开满细碎黄花的枝条说，"大别山道地药材，造就了羚锐制药良好的品质。"在山岗上，熊维政边走边津津有味地介绍着各种中草药，如数家珍。从他介绍中可以看出，大别山上生长的植物，大部分都可以入药。他接着说："因为适宜的气候和纯天然环境的原因，大别山的中草药品质十分好，很多植物可以食用，且具有预防和医治疾病的作用，达到中医治未病的效果，生活在大别山区，真是我们的福分。"

梦想照进了现实。熊维政对中医药有不解之缘，他毕业于中医学院，有坚实的中医药理论基础，小时候就拜民间名医为师，具有丰富的实践经验。他做了一辈子中医药，希望中医药得到更好的传承，希望每味中草药都能物尽其用，让中医药产生更多有价值的成果，更好地发挥护佑人类健康的作用。

他介绍说：中医产生于原始社会，春秋战国时期中医药理论基本形成，出现了解剖和医学分科，已经采用砭石、针刺、汤药、艾灸、布气、导引、祝由等治疗方法。

中医药从来就是中国最有原创优势的科技领域。东汉时期的张仲景以治疗"伤寒"病著名，其中医经典著作《伤寒论》论述了对多种传染性疾病不同时期的治疗方法，书中的方药不但沿用至今，其灵活多变的辩证施治方法也奠定了中医临床实践的基石。日本汉方医的经方派至今还用张仲景的原方治疗病毒性肝炎等传染病。唐代孙思邈总结前人的理论和经验，收集5000多个药方，并采用辩证治疗，因医德最高，被尊称为"药王"。唐朝以后，中医学理论和著作大量传播到高丽、日本、中亚、西亚等地。两宋时期，政府设立翰林医学院，医学分科接近完备。元朝时期，中医开始没落。明朝后期，李时珍出版的《本草纲目》标志着中药药理学没落。

中医学理论体系是经过长期的临床实践，在唯物论和辩证法思想的指导下逐步形成的，它源于实践又指导实践。通过对现象的分析，以探求其内在机理。中医学独特的理论体系有两个基本特点，一是整体观念，二是辩证论治。中医的基础理论是对人体生命活动和疾病变化规律的理论概括，它主要包括阴阳、五行、气血津液、脏象、经络、运气等学说，以及病因、病机、诊法、辩证、治则治法、预防、养生等内容。

中国医学家早在980—1567年间就发明了人痘接种术。人痘接种是牛痘接种术发明以前最有效的预防天花的方法，在中国曾广泛应用，后来还西进欧洲流行美国，拯救了千百万人的生命，并促进了现代免疫预防医学的诞生。

在熊维政看来，他一直从事中医药研究和开发，对于自己的意义在于，"把老祖宗的精华通过现代科学给发掘出来，这是我最感欣慰的事情。"

中华文化博大精深，中医药就是中华文明几千年的创造和积累，是一个大宝库，需要很好地传承下去。中医药的存续守护了无数中华儿女的健康，可以说中医在很长一段时间是世界上超一流的医学。神医扁鹊，华佗再世，都反映了特定历史时代中医的辉煌。如今屠呦呦获奖，再次肯定了中医药的潜力。将中医药传承下去，势在必行。

熊维政认为，中医药原创思维与现代科技相结合，能产生原创成果。他说："中医药学从来不是封闭的，也是与时俱进、不断发展的，吸收不同时期的新认识和新技术方法为我所用。羚锐公司始终在不断征集和搜寻古老的中医药祖方，结合现代科技，研制出具有独立知识产权的新药品，造福人类。当代，科学技术突飞猛进，中医药发展也需要与现代科技相结合，不断丰富中医药的科学内涵和时代特色。中医药是我国具有自主知识产权的主要领域，中医药独特的理论体系和原创思维，可谓科技创新的不尽源泉，蕴含着巨大的创新潜力。中医原创思维和经验结合现代科技就会产生原创性的成果。我们提倡中医药现代化，不是说传统就不重要。探索中医药科技创新的路径和方法，既要善于从古代经典医籍中寻找创新灵感，也要善于学习借鉴先进科学技术。中医药与现代科学理论、技术方法的渗透结合，可以丰富生命科学的内容，提高医疗卫生服务能力，为实施创新驱动发展战略、转变经济发展方式做出更大贡献。"

中医药是中华民族的国粹，越是民族性的东西，越具有生命力。在传统医药领域，蕴含着巨大的原创性科技资源，与现代科技结合，就有可能产生许多原创性的重大科研成果。

诺贝尔生理学或医学奖评选委员会主席齐拉特说："中国女科学家屠呦呦从中药中分离出青蒿素应用于疟疾治疗，这表明中国传统的中草药也能给科学家们带来新的启发。"她表示，经过现代技术的提纯和与现代医学相结合，中草药在疟疾治疗方面所取得的成就"很了不起"。

熊维政非常敬佩他的师傅陈敦榜，是师傅把他带进了中医药的王国。同时，他更敬佩屠呦呦，不是因为屠呦呦获得了诺贝尔奖，而是因为她向全世界证明了中华民族中医药的伟大。熊维政清楚地记得屠呦呦在瑞典卡罗林斯卡学院所作的"青蒿素——中医药给世界的一份礼物"演讲："在结束之前，我想再谈一点中医药。中国医药学是一个伟大的宝库，应当努力发掘，加以提高。大自然给我们提供了大量的植物资源，医药学研究者可以从中开发新药。中医药从神农尝百草开始，在几千年的发展中积累了大量临床经验，对于自然资源的药用价值已经有所整理归纳。通过继承发扬，发掘提高，一定会有所发现，有所创新，从而造福人类。"

熊维政一直致力于中医药事业的传承与发展。羚锐公司是国内橡胶膏剂行业中首个上市公司，率先通过了 GMP（药品生产质量管理规范）认证，建立了国家级企业技术中心，成立了药物研究院。为推进中医药继承与创新，保护宝贵的中医药遗产，羚锐公司收集整理了大量散落民间的珍贵中医药祖方、并结合自身的资金、技术优势，与李同生、吕秀兰教授等国内知名医学专家和河南省新密市骨质增生研究所、北京化工大学、河南中医学院、中国中医科学院中药研究所等学术单位、科研机构联合开展临床研究，取得了显著成果。

羚锐公司的主要产品之一通络祛痛膏（骨质增生一贴灵），是羚锐公司与河南省新密市骨质增生研究所所长吕秀兰大夫，结合吕氏祖传秘方共同开发的。通络祛痛膏作为国内首个治疗骨质增生的专用膏药，填补了国内治疗骨质增生专用药品的空白。它的组方发源于中国岐黄文化发源地河南省新密市。新密市是三皇之首伏羲故里，也是医学之祖神农氏的活动中心，地处中州腹地，西临中岳嵩山，南边是具茨山，北边是伏羲山，三面环山，东临平原，溱水和洧水穿境而过，土地肥沃，气候湿润，药材资源丰富，历代许多名医在此行医。其中有三皇五帝时的岐伯、大鸿，唐朝医学家和药物学家孙思邈，宋朝洪山真人等，医药文化历史悠久，民间散落留下大量的珍贵中药祖方，通络祛痛膏就是其中之一。经过羚锐公司十多年的努力，通络祛痛膏现已成为国内最受欢迎的治疗骨质增生的产品，因其疗效确切，为国内大量骨质增生患者解除了病痛而深受广大消费者青睐，其年产销量过数亿元，位居国内透皮贴膏剂行业中的强势品牌地位。

羚锐公司的另两个产品"丹鹿通督片"和"一盘珠颗粒"，则是羚锐公司与我国著名骨伤科专家李同生教授，结合李氏祖传经典名方共同开发的。李同生教授是"李氏正骨手"第四代传人，其从医执教60余年，并于1999年获20世纪中医接骨学最高成就奖。李同生教授是一位非常富有传奇色彩的人物，出生于儒医世家，历经其曾祖李建章公、祖父李占魁公、父李治仁公三代，医术精湛，闻名桑梓，扶危济困，不可胜数。李同生自幼从父李治仁公学习中医骨伤科医学及武当内家功法，其父施教严格，轻斥重责，未有间断，因亲见先辈临床施术，耳濡目染，打下了坚实的中医理论与临床实践基础，深得祖传真谛。李同生教授与羚锐公司共同开发的丹鹿通督片，主治瘀阻督脉型腰椎管狭窄症，具有活血通督、滋肾益气的功能，在中成药组方和制剂上填补了国内治疗"腰椎管狭窄症"产品的市场空白，为广大骨性关节炎，尤其是骨质增生患者带来了福音。他与羚锐公司共同研发的另一种产品"一盘珠颗粒"，主治软组织损伤、骨折、筋伤，组方灵活，适应症广，疗效显著，随症加减，变化玄妙，无论软组织损伤、骨折筋伤、损伤及早期肿胀、青紫等，急投此方，均获捷效。

作为中国橡胶膏剂行业领先企业的领导者，熊维政为中医外用贴剂这一传统剂型的传承和发扬光大起到了至关重要的作用。为推进中医药人才队伍建设，羚锐公司设立了博士后科研工作站，与北京化工大学、河南中医学院、中国中医科学院中药研究所等学术单位和科研机构建立了良好的合作关系，为社会培养了一批优秀的中医药技术人才。为提升中药产业发展水平，羚锐公司建立了羚锐新县生态工业园外用膏剂（透皮贴剂）生产基地和羚锐信阳科技园的内服药生产基地。此外，羚锐公司还在总部所在地河南省新县建立了国内首个经皮给药制剂博物馆，展示中国外用贴膏剂药品发展成就，保护和弘扬我国宝贵的中医药文化。

"我们的眼睛不能老是盯着小圈子之内，我们要放眼世界。我们所担负的是中医药发展的民族责任，我们要更好地发展中医药事业，让中医药走向世界，更好地代表国家形象，更好地为全人类服务。"熊维政矢志不渝，坚持把中华民族中医药发扬光大为己任，他以师傅陈敦榜和药学家屠呦呦为榜样，孜孜以求，在中医药王国里辛勤耕耘，为发展中医药事业、造福人类健康而不停地拼搏。

战略眼光就是预判未来

一个人生命中最大的幸运，莫过于在他生命中途，即在他年富力强的时候发现了自己的使命。1992 年，熊维政 36 岁，正值激情四射、朝气蓬勃的青春年华，他放弃了"铁饭碗"，拒绝在原单位新县药检所领工资，以置死地而后生的勇气，接任了羚羊山制药厂厂长。

新县是企业的"死亡之地"。社会上很多人担心，四川人走后，羚羊山制药厂会走下坡路，甚至有人议论："熊维政两年不把药厂搞垮，我头朝下走！"

"别人议论什么不重要，因为议论不会把企业搞垮。重要的是作为一个创业者，首先要有一个理想。不在于你会做什么，而在于你想做什么。革命前辈靠的是远大的革命理想和顽强的革命斗志。如今，我们后辈难道就办不好一家企业！"熊维政每每斩钉截铁地说。

1997 年春，在一次班子会上，熊维政安排完工作任务后，接着说了一句："羚锐公司近几年要上市。"这句话着实让班子成员大吃了一惊。当时的羚锐公司盘子还比较小，上市对于公司来说就是一个理想。有的班子成员疑惑地看着熊维政，熊维政读懂了他们的表情，紧接着又说了一句："是的，近几年羚锐要上市，这是我们的理想，也可以说是梦想，我们要完成这个使命！"

"当时觉得这简直是不可能的事，没有一个人相信他，也没有一个人支持他，只是他一个人在摇旗呐喊。"公司副总经理李福康说，"第二年，信阳地区就在全区进行摸底，看哪家企业具备上市条件，经过摸底，全地区只有羚锐公司等两家公司符合上市条件。这不能不说熊维政董事长具有战略眼光。"

世人对成功的定义各有不同，但每个人都毫无例外地向往成功。熊维政说："梦想总是在现实中遭受挫败，但无论如何，实现梦想的激情是不能被打败的。只是我觉得做一件事，无论失败和成功，总要去试一试，闯一闯，不行还可以掉头，但如果你不去做，总是老路子，企业就永远不可能有新的发展。"

公司副总经理陈燕仍记忆犹新："上市并不是容易的事情，我跟随熊维政董事长一块跑上市，跑着跑着，我觉得前途渺茫，看不到什么希望。有很多问题一时无法解决，困难重重。但他始终在坚持着，一定要把羚锐公司上市的战略布局强力推行下去。"

今天很残酷，明天更残酷，后天很美好，但是绝大多数人在明天晚上就放弃了，见不着后天的太阳和绚丽多彩的天空。羚锐公司上市的战略布局在熊维政百折不挠的强力推进下，走过乌云密布的今天和明天，最终走向后天那个鲜花盛开的地方。

"熊维政董事长妙笔生花，运筹帷幄，企业的上市成为羚锐公司发展的大转折。他精彩的战略布局一个接一个，带领我们从一个胜利走向另一个胜利。"公司副总经理李进由衷地赞叹道。

每天清晨5点，熊维政准时起床看重播的中央电视台新闻联播。因为工作繁忙，第一天夜晚7点直播和9点重播的新闻联播他几乎没有时间看，只有早晨5点新的一天工作还未开始，这段时间才属于他自己。几十年如一日，他始终没有改变。

国家平台成就国家品牌。企业的发展和时代的进步紧紧联系在一起。熊维政敏锐独特的眼光和冷静的综合思维决定着羚锐集团前进的方向。2009年，熊维政从国家出台医改等一系列的政策中分析判断：未来的中国，发展健康产业将是主流经济之一。大别山区气候和环境条件得天独厚，拥有丰富的自然资源，相对其他发达地区而言，羚锐集团发展大健康产业的优势无与伦比。

"大别山区山茶树满山遍野，木本山茶油是真正的纯天然绿色食品，它不含芥酸、胆固醇、黄曲霉素和其他添加剂。山茶油中不饱和脂肪酸高达90%以上，油酸达到80%至83%，亚油酸达到7%至13%，并富含蛋白质和维生素A、B、D、E等。尤其是它所含的丰富的亚麻酸是人体必需而又不能合成的。经现代科学证实，山茶油的脂肪酸组成与橄榄油极为相似，而其平均组成则高于橄榄油。我国美食文化历史悠久，国人日趋注重健康饮食。再者，我国平均消费食用油量尚未达到发达国家水平。发展山茶油产业是个巨大的商机，因此，布局发展山茶油产业各方条件成熟，时不我待。"熊维政高兴地走在山茶树林中，继续说，"山茶果很神奇，第一年开花，到第二年果实才成熟，孕育14个月之久。况且，大别山区的山茶油品质远远超过其他地区。我们还有什么理由不抓紧研究开发山茶油，为人们奉献出高品质的产品呢？"

在董事会上，熊维政提出发展大别山山茶油项目，简要地论证了其可行性。各位参会董事畅所欲言，各抒己见，但最后没有形成决定性意见。

熊维政并没有感到意外，他一但认准的事就不会放弃。他说："男人的胸怀是不同意见撑大的，有多大的胸怀，就能做多大的事情。作为一个企业家，一定要有长远的战略眼光，不可以只顾及实时的回报，要有分析综合判断能力去发掘有发展潜质的科技项目。要具备国际视野，要打破保守的传统观念，打破封闭的地域观念。"

羚锐"绿达"山茶油股份有限公司成立后，生产车间全部通过GMP(药品生产质量管理规范)认证，以制药的工艺生产精制山茶油，山茶油上市后，以良好的品质，赢得广大消费者的追捧。

"我不是随便去赌一赌。当我着手进攻的时候，我要确信我有超过百分之一百的能力。本来有一百的力量足以成事，但我要给足二百的力量才去进攻。开始是我一个人在呐喊，后来是所有羚锐人在呐喊，在战斗。"熊维政拿着一小瓶精致的"山茶牌"山茶油说，"开发山茶油，我之所以决心这么大，是因为公司总经理助理兼美国研发中心副主任王尽提出了这个项目，她超前的理念和对山茶油项目的情有独钟以及不顾一切的支持，更坚定了我的信心。现在，这种山茶油只有在美国市场才能买到。"

不怕做不到，就怕想不到。不久，熊维政在公司董事会上又提议："在美国买一块地，成立羚锐美国办事处。"结果，董事会又没有通过。

"熊董事长总在做我们意想不到的事。这样讲，不是说我们水平低，而是我们的思想节拍慢他一步，他战略决策的提出，有时我们毫无思想准备。"副总经理陈燕说，"开始有人在背后议论，熊董想一曲是一曲。实践证明，他是对的，所有羚锐员工都理解，并且为之自豪。"

一个志向远大的人，才可能成为领袖；一个志向远大的企业，才可能成为行业的领军者。熊维政专注打造百年企业，潜心谋划和布局企业百年发展战略，构筑百年经营渠道。2013 年，羚锐集团在美国新泽西州购买 50 亩地，成立了羚锐制药美国研发中心。后来，相继又成立了美国山茶股份公司，羚锐"山茶牌"山茶油，顺利通过了美国农业部（USDA）有机认证，产品可以直接出口到美国以及其他认可美国 NOP（美国国家有机工程）认证标准的国家和地区。

人往往会犯很多错误，但在事关企业生死的重大战略决策上，一次都不能错。"我们进入某一行业时，市场往往已是强手如林，究竟如何变成强手，关键是要抓住发展时机。要做到这一点，在时机到来之前，就必须掌握准确的资料和最新的信息，具有超前的综合判断能力。"熊维政自信地说，"羚锐美国山茶公司将成为羚锐集团全球发展战略的一个重要平台和窗口，未来五年之内，山茶公司将在美国股票市场上市。"

大别山洁白的山茶花盛开，年复一年。它们默默地从远古走来，饱含亘古不变的情愫，怀揣对人间的大爱，必将焕发出光芒四射的青春，走向美好的未来。

经营理念就是超越自我

所谓经营理念，就是管理者追求企业绩效的根据，是顾客、竞争者以及员工价值与正确经营行为的确认，然后在此基础上形成企业基本设想与科技优势、发展方向、共同信念和企业追求的经营目标。

经营理念即是系统的、根本的管理思想。管理活动都要有一个根本原则，一切管理都需要围绕一个根本的核心思想进行。经营理念决定企业的经营方向，和使命与愿景一样是企业发展的基石。一套经营理念包括三个部分：经营自我并超越自我的经营目标；尽职尽责创新发展的团队精神；立即反应迅速行动的执行力。具体表现在全心全意为客户创造价值，为员工创造机会，为企业和社会创造效益。

"每个企业家做企业，都有他的经营理念，每个企业的经营理念均不相同，各有自身的侧重面，各有各自的特色，其目的都是为了使企业长久生存下去。"熊维政认真地说，"不断超越自我，为大别山革命老区树立企业发展形象，为老区人民创造物质和精神价值是羚锐公司的使命，羚锐公司的经营理念说到底可以概括为三个字，就是'使命感'。"

何谓使命感？企业使命感就是指由企业所肩负的使命而产生的一种经营原动力。企业使命感源于企业对一种使命的坚持，是因坚持使命、履行使命而产生的精神动力。使命感也是做企业最深层次的目的，是一个企业经营理念的灵魂。使命感能给企业和员工以明确的方向和不竭的动力。

一百年以前，国际著名企业通用电气生产电灯泡时，他们的使命是"让天下亮起来"，生产的灯泡越亮越好；迪斯尼乐园创建时，它的使命是"让天下人开心起来"，他们做的都是开心的东西。只有在使命感的驱动下，通用和迪斯尼等企业才会发展到今天这么强大的地步。

天下没有难做的生意，大别山区并非是企业的死亡之地，"让企业在大别山站起来"。这是熊维政毕生的使命。在这个强大的使命感驱使下，他率领羚锐人为此付出巨大的努力，他们不断地打破人们的惯性思维，不断地挑战极限，战胜自我，超越自我。

心有多大，舞台就有多大。做企业当然要赚钱，否则，企业难以生存下去。在赚钱和创造社会价值之间，熊维政选择了后者。他毫不犹豫地说："一个企业要承担社会责任，并把这个社会责任贯穿于我们的工作中，我们要承担我们的责任，我们要推进这个社会的发展。我们时时刻刻都要有这种使命感，在具体的经营过程中，我们要时刻不忘为客户创造价值，要时刻不忘为员工创造机会，要时刻不忘为企业和社会创造效益。"

羚锐公司要打造羚锐膏剂第一品牌地位，成为国内乃至国际透皮贴剂的领导者；要努力促进内服药的快速增长，迅速提高羚锐的规模和利润，体现羚锐的高成长概念；要持续加大贴剂研发的投入，真正体现羚锐在透皮贴剂行业的技术领先性，实现羚锐在资本市场的高盈率概念。要实现这些战略目标任务，在具体的生产经营中，羚锐公司导入了"市值管理"理念。"市值管理"就是上市公司基于公司市值信号，有意识和主动地运用多种科学、合规的方法和手段，以达到公司价值创造最大化、价值实现最大化和价值经营最优化的战略管理行为。其主要内容包括：最大限度地创造价值，最大限度地实现价值和最大限度地经营价值。

羚锐公司围绕"市值管理"理念，以"完善内控流程，建立价值体系，科学预算管理，提升员工价值"为主线，建立和完善科学合理的内部控制流程，防范和降低公司运行风险；逐步建立起统一的价值评估体系，科学衡量各运营主体的价值创造，并实行与之相匹配的薪酬管理体系，实现了个人价值与企业价值的同步提升；运用数字化分析与管理，科学计划全年经营活动，合理降低运营费用，改善成本结构；加强绩效管理的运用，不断提高员工的业务水平；建立培训体系，提升员工价值，帮助员工进行职业生涯规划，提供员工晋升"渠道"，为公司长远发展培养和储备优秀人才。

羚锐公司贯彻"市值管理"经营理念，加强各运营主体的价值创造。以 2009 年为例：

（1）将两个事业部与控股企业作为运营主体纳入一个价值管理体系，以统一的价值标准衡量各运营主体的价值创造，并通过资源的调配和政策的支持来提高优质资产的价值创造能力，逐步处理低价值资产。同时，积极探索和建立与价值创造相适应的薪酬体系，将企业价值与个人价值同步提升。

（2）透皮贴剂事业部通过合理使用和控制费用流向来切实保证二级经销商的利益和终端网络的建设，真正打通市场渠道，使公司的产品快速而方便地流通到消费者手里。积极关注新医改政策的实施，采取积极应对措施，与各级经销商建立良性的战略关系。调研芬太尼产品市场，并建立销售队伍。严格 GMP（生产质量管理规范）生产管理，确保产品质量，坚决杜绝各种事故的发生。创新管理思路，建立科学合理的采购和存储流程，积极把握原材料价格大幅下降的时机，努力降低成本，增加收益。积极总结经验，改善产品包装，加快热压法投产进度。逐步建立市场与生产的无缝对接，将市场上有利于客户价值的信息及时反映在产品上，通过不断满足客户价值来不断实现自身的价值。

（3）信阳分公司坚持招商模式。2008 年实现历史性的盈利后，2009 年面临市场开拓与巩固的双重任务，要建立快速反映和标准化的招商流程，做好新区域的招标工作。同时，通过引进和培训来提高现有销售队伍的专业化水平，要着手市场部的建立，要不断开发和总结产品的内在价值，让经销商和消费者认可，要逐步形成全国的产品营销策略，指导和培训经销商按照我们的策略营销，以确保市场不断地开发和深化。

（4）控股企业中郑州羚锐在经历了两年的高速成长后，2009 年以市场巩固和内部技术改造为主线，以提高产品质量和树立羚锐品牌为首要任务。生物药业在 2009 年异军突起，以 30% 的计划增长率名列各公司之冠。羚锐大药房以信阳为基地，继续深耕细作，以标准化、优质化的服务和货真价实的药品为羚锐品牌增光添彩。

（5）羚锐制药工程技术中心作为公司的研发机构承担软性价值的创造。一方面着手引进高素质的专业人才，建立科学合理的项目管理制度，通过项目成果评估和转化等措施来提高科技人员的薪酬待遇，留住人才。另一方面积极做好芬太尼等贴剂的开发工作，确保 2009 年起每年都有新品上市。要加强与透皮贴剂事业部的沟通，加强膏剂新基质和生产工艺的创新研究，确保公司透皮贴剂在全国的领先性。

在推行"市值管理"经营理念的同时，熊维政还将 2010 年确定为羚锐集团的"品质建设年"。以"品质提升管理、以品质促进效益"为抓手，通过提高羚锐集团管理、研发、市场与运营、基本建设与资本品质，继续提升企业价值，改变过去过多地依靠营销创新提高业绩的经营模式，转向通过营销、产品品质、技术、成本与管理综合优势来提高整个企业的运营品质，从而持续提高运营业绩，持续提升企业价值，全面提高企业核心竞争能力：

（1）提升管理品质

加强财务统一管理，强化财务分析与决策能力，提高财务运营品质；加强集团人力资源体系建设，对各事业部人员管理与绩效考核加强指导和监控，建立科学合理的体系，提高管控能力，提升员工品质，增强员工的公司意识；加强日常管理，提升运营品质，坚持以预算为基础的日常管理，加强办公自动化体系建设；加强生产过程的监督与质量管理。

（2）提升研发品质

大力引进专业技术人才；改革和完善研发体系，提高研发战略的实施能力；深化与国际和国内经皮给药领域专业机构的合作，促进透皮制剂领域产品的开发与技术的提高；优化研发与生产和销售相结合的管理体系。

（3）提升运营品质

加强市场部的职能建设，建立以市场部为主导制定全国的品牌、市场、客户管理与运营计划，制定年度市场营销方案，销售部门具体执行的销售运营体系；提高政策的执行能力；加强分销与纯销的管理与考核，保证政策的到位；提高产品盈利质量，继续保持产品的综合毛利水平处于相对较高的位置；加强生产管理过程控制，充分发挥车间班组长的基层示范作用。

（4）提升资本品质

加强与资本市场的沟通，增加股权比例与寻找财务投资型的战略合作伙伴，实现短期目标与中长期利润目标的平衡。

在2010年的总结会上，熊维政说道："明年我想确定公司为'文化年'。所谓文化，就是观念、原则、风气和习惯，或者说是一种风尚。一个组织的文化就是组织的灵魂。我非常怀念创业初期的羚锐，那个时期，大家思想很单纯，非常团结，朝气蓬勃，积极向上，工作中也很快乐。虽然管理非常严格，但没有人觉得严格的管理影响了自己的快乐。我们要大力弘扬老羚锐的那种公正坦诚、严格管理、重视质量、追求完美、全力以赴、积极快乐、团结向上的光荣传统和优良文化。我在跟同事们讨论如何做事的时候说，什么叫全力以赴，就看我们团队中做出卓越贡献的人是如何做事的，那就是我们最好的榜样，那就是顽强的精神，全力以赴的精神，面对困难百折不挠的精神。只要有这样的精神，就没有做不成的事！这是我们非常宝贵的一笔精神财富，我们要像传家宝一样倍加珍惜，不断地传承和发扬光大。回顾羚锐过去之所以能够取得辉煌的成就，正是有这些优秀的文化基因在支持着我们干事创业，如果说我们近几年的发展不那么如意，我认为主要原因也就在于我们在一定程度上失去了那些优秀的文化。今后，公司要继续更快更健康的发展，要创造新的辉煌，这些优秀的传统是我们最为重要的精神力量，像灵魂一样重要！"

"经营理念重在管理，管理重在落实。"熊维政说，"我们推行市值管理理念，实行'标签'年份，就是督促我们行动起来，用强有力的行动去落实好各项重点工作任务。"

崇尚行动，就是要立即行动，有效的行动。"坐而论不如起而行"，不是坐而论好了再行动，往往需要边干边论。《追求卓越》一书中对此有十分生动的比喻："预备——放——瞄准"，在行动中找方向，在行动中选择正确的路径，在行动中解决问题，在行动中实现发展的理念。

熊维政在不同场合反复强调："有时去执行一个错误的决定总比优柔寡断或者没有决定要好得多。因为在执行过程中你可以有更多的时间和机会去发现并改正错误。有意见你可以提，有想法你可以说。一旦决定了的事情，命令一旦下发，九头牛都拉不回，你就必须立刻、现在、马上去执行。"

但在贯彻经营理念，实现企业价值，不断超越自我的过程中，并非总是一帆风顺，总会遇到不可预见的困难和挫折。在挫折和困境中永不放弃是熊维政及其团队取得成功的关键因素。

熊维政常常讲："最大的失败是放弃，最大的敌人是自己，最大的对手是时间。"害怕困难和挫折是人的本性。每个人在遇到困难和遭受挫折时都会有一种负面的情绪反应。但是，创业的过程中，困难在所难免。人只要活着，就会不可避免地遇到困难。尽管在创业中充满了渴望顺利、幸福、成功的祝福之词，但大多数人心里都明白，之所以要这样，正是因为困难是客观存在的，是创业和经营的组成部分。它既会困扰自己又会光顾他人，这才符合自然规律。而任何时候，任何情况下都总是一帆风顺、事事如意，这只是一种良好的愿望，实际上并不存在。既然如此，有什么必要用自我惩罚的办法折磨自己呢？自我惩罚、自我折磨，才是真正的愚蠢。

如何应对创业和经营中遇到的挫折和困难。熊维政对他的团队说：在困难的时候，我们要学会用左手温暖右手。在你开心的时候，把开心带给别人；在你不开心的时候，别人才会把开心带给你。开心快乐是一种投资，你开心就要和别人分享，然后有一天别人就会带给你快乐。如果你在创业的第一天就说，我是来享受痛苦的，那么你就会变得很开心。这是创业的乐观主义精神。

　　面对困难和挫折，熊维政之所以选择了坚持，永不放弃，是因为他的性格不容许他放弃。他很顽强，有韧劲，这一点从他小时候打架屡战屡败、屡败屡战中就可以看出。再者，是因为他有坚定的信念和必胜的信心。他坚信，选择是正确的，前途是光明的，但道路是曲折的，趋势总是向前的。

　　"一个企业家如何生存和取得成功，其中存在多种因素。理念、眼光、智慧、勇气、谋略都是很重要的。但是，有时候，意志、韧劲、抗挫折能力和永不放弃的精神，才是最重要的。风雨中的大别山岿然不动，我们为什么不能坚持？在你坚持的时候，别人也在坚持，企业仍在向前发展；在你坚持的时候，别人放弃了，你就取得了成功；当别人以为你已经放弃了的时候，你仍然在坚持，那么你的企业就一定会不断超越自己，走向辉煌。"熊维政坦率地说。

高质量铸就大品牌

"产品质量，是制胜的关键，是打造百年品牌和百年企业的基石。在产品生产上，国家有国家标准，国际有国际标准，但让消费者满意是羚锐公司的最低标准。"熊维政说。

1992年，接任羚羊山制药厂厂长伊始，熊维政即明确提出"以质量拓宽市场，靠质量提高效益"的经营方针。羚羊山制药厂是个新办企业，要让产品在竞争激烈的市场占有一席之地，首先要拿出自己的高质量的"拳头"产品。依靠产品质量赢得市场。熊维政在员工中广泛开展质量意识教育和《药品管理法》学习教育，不断增强质量意识和法制观念，树立质量是效益的前提，质量是企业生存发展的保证的思想；树立质量第一，在保证质量的基础上求产量的意识。1992年9月，经检验，技术人员发现虎骨止痛膏的外袋质量不合格。熊维政立即率领质检人员，将不合格的包装全部销毁，将已经使用的包装全部更换。"宁愿停产也要合格的包装！"熊维政坚定地说，"包括我在内，全部取消当月的质量奖。"

"药品是特殊商品，直接影响人们的身心健康。"熊维政要求建立健全严格的质量管理制度和质量保证体系，坚决杜绝劣质产品流入市场。通过不断实践和探索，羚锐公司逐步建立起一套适合本公司情况的质量管理制度和质量保证体系。公司总经理亲自过问，副总经理主抓质量工作。成立全面质量管理部，负责质量管理的组织、落实、监督工作。质量部下设中心质检室和车间质检室，负责产成品、半成品、中间体、原、辅材料，包装材料的检验工作；实行质量一票否决制；车间班组及各部门、职能科室，建立了群众性QC（质量控制）小组，经常开展群众性质量管理活动，定期进行成果发布。

　　"药品质量关系着人的生命，产品质量关系到企业的生命。"熊维政强调说。围绕确保产品质量的主题，羚锐公司通过不断的摸索总结，规范了生产操作程序，发布了羚锐公司"内部质量管理标准"、"检验操作规程"、修订了"半成品质量标准"、"成品质量标准"，使质量工作做到了有章可循。强化了三级质量管理体制，重点是强化班组长的职责；组织员工系统学习了 GMP（生产质量管理规范）规范、公司的质量管理制度、相关标准操作规程，在具体质量管理工作中，加强生产现场管理，严格执行生产工艺规程、岗位操作法和有关质量管理制度。坚持每周对车间定期检查制度，通过落实好各项质量管理制度，强化现场管理，使质量管理工作得到进一步加强。

　　通过严格按照药品生产质量管理规范组织生产，不断完善生产管理标准、技术管理标准、设备设施管理标准、包装材料管理标准等，规范生产流程。新县橡胶膏剂生产车间、新县酊剂车间、信阳羚锐科技园均顺利通过了国家 GMP（生产质量管理规范）认证。

　　"药材好，药才好。"严把原材料购进质量关，杜绝伪劣品入库。对关键原材料、均要求高等级、高质量，绝不含糊。羚锐公司购进的橡胶，平均每吨价格比其他同类产品高出 3 000 元左右，仅此一项，每年就多开支数十万元。

　　一个品牌的积累，首先要靠高质量，然后才靠大数量，有了质和量的积累，才会有品牌的树立。1996 年，壮骨麝香止痛膏被评为河南省优质产品；骨质增生一贴灵获得第一届全国保健科技精品博览会金奖；2011 年，羚锐公司获河南省省长质量奖，董事长熊维政获得全国质量工作先进个人；"羚锐"商标继被认定为"河南省著名商标"后，于 2002年初又被国家工商总局认定为"中国驰名商标"。羚锐透皮贴膏剂产品，依靠过硬的产品质量，产生了良好的品牌效应，赢得广大消费者的信赖。2015 年，羚锐集团贴膏剂事业部实现销售收入 8.5 亿元。其中通络祛痛膏单品实现销售收入 3.7 亿元，壮骨麝香止痛膏销售收入突破 2 亿元，伤湿止痛膏销售收入亦突破亿元大关。芬太尼透皮贴剂产品，也较好地开拓了羚锐制药麻醉药品销售市场。

很多人觉得羚锐做透皮贴剂是走独木桥，是固步自封，这些人无疑是想维护多元化经营理论的正确性。熊维政拿起一贴透皮贴剂说："我们不能否认多元化的益处，多元化能涉足各种各样的领域，从而使一个企业能够得到更大的扩张机会。但无论如何，都不能因为要维护多元化的观点而否认专业化的观点。羚锐透皮贴剂在专业化道路上走出了自己的特色。打造百年企业和百年品牌，才是支撑企业长久发展下去的硬道理。"

熊维政认为，一个企业能不能长久的发展下去，关键在于企业的品牌能不能得到越来越多的消费者认可。企业要发展，就必须不断地创造客户，扩大产品销售。所谓创造客户，就是不断地培养和创造产品需求，引导企业快速发展。羚锐公司始终有效地开发利用各种资源，尽最大努力向客户提供优质的产品服务，尽最大努力满足客户的各种需求，进而不断充实和完善羚锐的经营模式。不断创造客户使羚锐公司获得了满意的利润，也切实实现产品销售规模报酬的递增，促进羚锐的健康发展。

怎样才能更好地实现创造客户这一目标呢？熊维政认为，唯一可行的良策就是为消费者提供更优良的产品和服务，只有这样，企业才能与消费者建立并保持一种良性的关系，消费者才会愿意选择羚锐产品并付钱消费。在一个完整的销售体系中，产品质量始终位居第一位，没有好的产品，销售和服务无从谈起。

真正的销售不是靠价格，而是靠过硬的质量。在产品供大于求的时代，忽略产品质量，幻想在市场上赚一把就走的企业，不可能走得更远。

品牌消失的原因很多。有的是因为企业的倒闭而消失，有的是因为企业的市场定位不准而消失。无论是哪种原因，从品牌建设的角度看，频频改变品牌形象，不但会损害品牌所固有的信誉，而且也难以使品牌的影响力在消费者心中得以长存。品牌如同市场一样，是按照自身的规律运作的。一些企业在急功近利的心态驱使下，以名求利，背离了品牌建设自身发展的基本规律，为了品牌的家喻户晓、一夜成名，不惜投入巨资进行广告轰炸，甚至在广告中夸大其词、大肆吹捧，进行欺诈性、误导性的宣传。殊不知，过度的炒作会大大降低品牌的信誉，使企业的品牌价值大大降低，进而导致顾客对企业诚信价值的怀疑，并直接影响企业在公众心目中的形象。

熊维政说，品牌建设必须做到三点，一是产品质量好。二是要与经销商和客户保持良好的合作。三是立足给用户提供优良的服务，创造价值。有质量的品牌，才是真正的永久性的品牌。而广告中的品牌其实就是昙花一现、哗众取宠的品牌。在与经销商的合作上，要建立和保持非常真挚的友谊。品牌是用心做出来的，而不是吹出来的、包装出来的。一个企业绝不能把自己的产品吹得天花乱坠，神乎其神。扎扎实实依靠技术研发，提高产品质量，加之销售和服务保持高水准，企业的竞争力自然而然地就上去了，就不怕产品卖不出去。

营销是企业发展的龙头，这诚然不假。但有的人把营销看成是至高无上的法宝，实际上，这是一个误区。熊维政认真地说："羚锐发展的历程可以见证，产品永远比营销更重要。没有优质的产品做后盾，营销只能是一句空话。从市场反映的角度来看，羚锐公司是依靠过硬的质量赢得消费者的好评。"

没有过硬的产品质量，销售能力再强，也是巧妇难为无米之炊。倒下去的企业原因很多，但由于产品质量不过关而最终失去消费者却是最根本的原因。善于把握和满足顾客的真正需求，才能赢得越来越多的消费者。

卖产品不如卖品牌。在现代企业竞争中，产品竞争已经逐渐向品牌竞争过渡，只有伟大的品牌才能造就伟大的企业。羚锐制药主打产品是中国透皮贴剂，它是中国民族工业，即使扩张，也始终与中草药相关联。熊维政一直固守着透皮贴剂这块阵地，一直走透皮贴剂专业化之路，他要靠老百姓信赖的高质量，成就羚锐膏药大品牌，在强手如林中立于不败之地，进而打造中国透皮贴剂之王、世界透皮贴剂之王。

就如何打造羚锐国际化透皮贴剂品牌，熊维政运筹帷幄，他说："在全球经济一体化的形势下，国际化是中国新一代创业者的必然选择。但国际化并不意味着进口或复制发达国家的商业模式。国际化应是立足本土、以我为主、具有民族特色的国际化，本土化是国际品位、全球视野中的本土化。只有国际化与本土化的相得益彰，才能实现内在创新与对外开放的和谐。打造羚锐国际化透皮贴剂品牌，可分为四个层面运筹。第一，要建立国际化的经营管理体制，按照国际化的要求，改善企业内部组织体系和管理体系，打造集团化经营能力，通过内部培养和外部引进机制，积累国际业务经验，提升公司的全球化产业经营能力。第二，要整合和建设全球化研发体系，达到全球研发资源共享，提升全球研发的协同效益。第三，要构建具有竞争力的全球供应链体系，通过采购、生产和物流的整体配置，提高运转效率，保持企业在成本上的领先，提高羚锐公司的竞争力。第四，要打造高端产品，提高产品的技术价值和品牌价值，通过产品质量和核心技术的提升，来塑造羚锐国际品牌形象。"

营销就是为客户创造价值

"客户是衣食父母。不管一个企业生产出多么好的产品，如果卖不出去，没有市场，没有客户，那么，这种产品有什么用呢？企业的发展壮大，最后一定是赢在客户上面。"熊维政说。

企业的财富源于客户，任何一家企业，离开了客户，都是无源之水，无本之木，都无法生存。对于一个企业来讲，只要它拥有足够多的客户，它就一定会成为它所从事行业的大赢家。而对于员工来说，只有全心全意为客户着想，将客户永远放在第一位，为客户创造最大化的利益，才是对自己企业最负责的做法。

美国通用电气公司的口号是：立足于客户，服务于客户。他们考核员工的依据就是，你最近为客户做了什么？

"客户第一"应该包括这些内容：客户是衣食父母；无论何种状况，微笑面对客户，始终体现尊重和诚意；在坚持原则的基础上，用客户喜欢的方式对待客户；站在客户的立场上思考问题，最终达到甚至超越客户的期望；平衡好客户的需求和公司之间的利益，寻求双赢；关注客户需求，提供建议和资讯，帮助客户成长。

熊维政在每年度的营销大会上都这样讲："几乎所有的公司都讲客户第一，但未必所有的公司都能很好地做到。羚锐集团的员工已经达到5000人，我们不能保证每个员工都把客户的利益放在第一位，但我们每时每刻都必须这样讲，要求员工这样做。这是铁一般的纪律，如果违背了这一条，无论是谁，都得离开这个公司，不管他的业绩如何，没有办法，你触犯了'天条'。"

客户第一，不仅是羚锐的营销之道，也是用人的一个重要标准，是羚锐企业文化和价值观的表现。善于把握和满足市场和顾客的真正需求，从而赢得越来越多的消费者。

1992 年，熊维政担任羚羊山制药厂厂长后，他根据市场经济发展所带来的医药销售形势和供求状况的变化，积极应变，采取措施，确立了"产品围着市场变，企业围着产品转"的经营指导思想。坚持以销售为龙头，以销定产，以产促销，开拓经营的销售对策；完善销售承包责任制，增强约束、激励机制。制订了"三定两包一挂"的销售承包责任制。同时，对超额完成销售、回款任务指标的提高销售费用包干标准，提高奖金幅度，还给予业务主办的岗位待遇。销售责任明确，奖罚分明，既有约束力，又有积极措施，极大地调动起销售人员的积极性，出现了主动争销售、比回款的可喜局面。

作为厂长的熊维政在企业刚刚起步的时候，在生产经营上即采取了两手抓的战略。一手抓销售队伍。激励销售员多销售产品，多收回货款，对多销售多回款的销售员给予奖励；一手抓市场需求。把市场—产品—企业紧紧联系在一起，市场反映了客户对产品的需求，客户的需求客观地表现出产品能否为消费者创造价值，产品是企业生产的指挥棒，市场需要什么样的产品，企业就组织员工生产什么样的产品。因此，熊维政从做企业的第一天起，他和整个企业就以"客户第一"的经营理念来经营企业。

对客户或者顾客而言，他们的价值取向毋庸置疑，就是获得百分之百满意的产品。谁能做出让顾客百分之百满意的产品，谁就掌握了竞争的主动权。在销售服务中，有明确的承诺和具体的目标确保客户或顾客百分之百满意的企业，才会拥有健康发展的生命力。这就充分说明，一个企业要想长久地生存和发展，就必须确立让顾客百分之百满意的核心理念，就必须乐于把方便奉献给顾客，把利益奉献给顾客，把最有效的、最有价值的服务奉献给顾客，这样才能塑造企业独特的形象和永恒的魅力，赢得顾客忠实的信赖。

熊维政毫不犹豫地说："销售的秘诀很简单，就是合作共赢，把自己的经销商搞得多多的。当然这要以产品质量为前提。要让众多的商家乐于销售你的产品，你就必须保证他们能赚得到钱。商家所追求的就是利润，不赚钱的事没有一个商家愿意去做。企业有责任有义务让经销商们都有一个合理的利润空间。在营销合作的过程中，往往有的厂家只考虑自己赚钱，而且赚得越多越好，却忽视了经销商的利益。如果是这样，还有哪家经销商愿意销售你的产品？只有合作共赢，经销商也有钱赚，才能吸引和团结更多的经销商共同来销售你的产品，才能收到众人划桨开大船的良好效果。这是非常朴实和非常实用的经营观。"

在营销方面，熊维政最大的个性就是保持一个诚信共赢的心态，而不是刻意地使用什么技巧和手段。羚锐一直秉承诚信共赢的理念，赢得市场和消费者。

企业发展的主动权就是牢牢抓住消费者，抓住消费者的关键就是掌握消费者需要什么，生产出消费者需要的产品。只要产品好，消费者的口碑就好，消费者就对企业有信心，企业也就有了可靠的市场。市场因为消费者的存在而牢固，而不是因为卖场的存在而存在。

羚锐公司靠质量和顾客的口碑成就了羚锐品牌，靠实现客户和顾客的价值在国内乃至国外赢得了广泛的市场。

目前，羚锐贴膏剂销售队伍有全国大区经理近 20 人、地区经理 200 余人、终端代表近 2000 余人。全国累计共开发二级以上医院 2000 多家，所开发的医院都有不错的销量，基药销量平均每月在 3 万盒左右，这对于贴膏剂的销量增长也非常有利。全国累计开发战略连锁 1000 余家。终端连锁药店目前仍保持着每年 100 余家的战略连锁开发势头，力求稳中求胜，逐步扩大全国的连锁药店铺货率。

羚锐口服药事业部切实践行"精准用药，造福患者"的理念，以"最佳治疗方案"的方式对诊所开发和连锁店服务，这两种营销销售模式探索出了一条口服药销售转型的新路径，为口服药的发展奠定了良好基础。

2002 年，羚锐公司健全了东南亚客户的销售网络。其中，在新加坡、韩国、马来西亚完成了硬膏剂产品的出口注册，在美国已办理主要出口产品外包装FDA（美国食品药品监督局）的备案手续，在新加坡、加拿大、俄罗斯等国家和地区，羚锐产品已实现批量出口。

随着时代的迅猛发展，垄断时代和信息闭塞的时代一去不复返。微利是企业发展的必然趋势。信息化时代不可能再出现暴利，微利是竞争的必然。但是，产品微利不代表企业微利，企业要做出规模来，才能集小微成大利。

一个时期，羚锐公司由于营销管理体制不到位，有的经销商受利益的驱动，曾一度出现"窜货"现象。"窜货"是营销界的术语，指的是受利益驱动，经销网络中的各级代理商、分公司为了完成生产企业规定的销售额，以争取企业最优惠的政策，在自己当地市场销售的产品保持相对稳定价格的同时，低价到异地倾销。这种做法使所经销的产品跨区域销售，造成异地价格混乱，从而使其他经销商对产品失去信心，消费者对品牌失去信任。"窜货"带来的更大危害是，使当地的大批忠诚羚锐的经销商受到极大伤害，他们的经营业务很可能被这种恶性的"窜货"行为毁掉。

这并非耸人听闻。买同样的商品，消费者当然希望花较少的钱，如果市场上突然出现价格特别便宜的商品，而且还是消费者很信赖的优质产品，消费者就会立即停止购买同样的而价格高的商品。即使是这种产品缺货，消费者也会耐心等待。这样一来，就有可能将本区域的产品锁死在库房里，最终导致当地经销商亏损，严重的甚至关门倒闭。

对销售渠道的粗放式管理，危害最大的就是对"窜货"的忽视或放任自流，最后造成整个营销体系的土崩瓦解。许多企业都懂得创名牌容易保名牌难的道理，但是面对疯狂"窜货"就是束手无策。这也是营销领域内公认的难题。

针对区域间"窜货"现象，熊维政高度重视，一方面加强和完善营销管理制度；另一方面加大打击力度，全力遏制"窜货"现象的发生。

在营销运作中，羚锐公司进一步完善了全国区域经理负责制，进一步明确区域经理的职权和责任。有权必担责，失职必惩罚。将全国市场划分为数个销售区域，选择责任心强、精通业务、销售经验丰富、高度敬业、具有奉献精神的同志担任地区经理，全面负责本区域内的营销工作。对销售人员，定人、定岗、定片区、定任务，坚持末位淘汰制，奖勤罚懒。加强对业务合同的审查和对销售人员的跟踪管理，避免了货物流失。

同时，加强了市场监管工作力度和应收账款的清收工作，对"窜货"行为进行了严厉打击。几年间，共处理了地区经理 48 人次，营销人员 100 余人次，累计罚款 30 多万元，严肃营销工作纪律，确保了市场健康有序的运行。

此外，羚锐公司加大了对假冒产品的打击力度。市场部在新县公安局大力支持下，先后深入东北、河北、河南、山东、安徽等地开展了专项打假活动，查获假冒品数百余件，对制假售假者给予了相应的处罚。

羚锐公司加强区域性销售管理，统一协调，防止了同一区域大户之间、不同区域大户之间随时可能爆发的"窜货"战争。

"在区域内销售，不是靠'窜货'到别人的区域内增加客户数量和销售量，取得低于正常利润的微小利润，进而取得好的销售业绩。我们可以创造客户，在潜在的需求中挖掘客户。"说完，熊维政接着讲了两个卖鞋人的故事。

卢布尔鞋业制造公司和韦尔斯诺制造公司是两个制鞋企业，两家公司各派一名业务员去开拓市场，一个叫约翰·杰克逊，另一个叫詹姆斯·艾尔森。在同一天，他们两个人到南太平洋的一个岛国。到达当日，他们发现，这个岛国从国王到平民，从僧侣到贵妇，都不穿鞋。就在当晚，那个约翰·杰克逊的业务员马上给自己公司总部发了一份电报：这个岛国的人从来都不穿鞋，还有谁会买鞋呢？我不会在这里浪费时间，明天我就回去。几乎在同一时间，那个叫詹姆斯·艾尔森的业务员也给自己公司总部发了一份电报：太好了！这里的人都不穿鞋。我们可以从头开始，来开辟主宰这里的鞋类市场。我建议把公司所有的存货都运到这里来。另外，我决定把自己的家也搬来，并在这个岛上长期扎根下去。

两年后，这个岛上的人果然都穿上了鞋。

熊维政很欣赏那个叫詹姆斯·艾尔森的业务员有着独特超前的眼光。他说："这个故事告诉我们，先创造出表面上尚无明显需求的产品，再开发对它的需求，就是最好的营销方式。尽管这是一种潜在的需求，但也是顾客真正的价值取向。"

营销是一场永远下不完的棋。营销的策略与载体多种多样，其目的都是宣传产品的优良性能和优质服务，让消费者充分了解产品，达到推销产品之目的。

采取娱乐方式进行营销，亦称娱乐营销。就是指借助娱乐活动，通过各种活动形式与消费者实现互动，将娱乐因素融入产品或服务中，从而促进产品或服务取得良好的市场表现。

美国著名管理学者斯科特·麦克凯恩有一句名言："一切行业都是娱乐业。"在广告的边际效应越来越下降、市场竞争越来越激烈的情况下，娱乐营销越来越成为企业借助时尚文化潮流进行营销突围的最有效武器之一。有人甚至这样说："19 世纪的营销是想出来的，20 世纪的营销是做出来的，21 世纪的营销将是玩出来的。"

一个优秀的企业是不会放弃娱乐营销这种既有效又能给人带来快乐的营销方式的。羚锐公司与广播电台和电视台先后分别举办了一系列娱乐活动：与湖北人民广播电台联合举办新药骨质增生一贴灵有奖问答活动，共收到听众来信 8000 多封；在信阳电视台主办了"为了蓝天碧水——羚锐杯环保知识竞赛"；协办了河南电视台的"千禧梦圆回归情"节目；与新县电视台联合举办"羚锐好声音"歌唱赛，等等。在这一系列活动中，羚锐制药充分展示了现代企业风采，收到较好的宣传效果。

羚锐公司还积极开展了大型户外娱乐活动。先后举办了"真情回赠""三节联动促销""2005 年全国摩托艇锦标赛""春耕大行动""共赢怡夏""红色旋风""携手羚锐·心系大别山"，等等；以郑州全国药交会为契机，通过邀请全国 82 家大客户经销商来公司考察，成功组织了羚锐历史上规模最大的一次"羚锐制药 VIP 经销商联谊会"活动。在全国范围内大张旗鼓地开展了诸如终端促销及联谊宣传活动。组织上百场次强化客户合作的"红城之旅"活动。密切了与客户和消费者之间的联系，集中展示企业形象，提升了公司品牌的影响力和知名度，扩大了公司产品的市场占有份额。

羚锐公司先后参加或策划了北京王府井"3·15"大型咨询宣传活动、援建四川地震灾区"心联小屋"、西藏阿里赠药、精准扶贫捐赠、"3·12"义务植树、全国妇女"双学双比"十年成果展、中央电视台科技下乡活动——湖北罗田"科技大集"等活动；以参加每年春秋两季的百泉和樟树药交会、郑州全国药品交易会、展示会为契机，组织专家义诊、特别捐赠、跟踪访问、推广会等一系列活动；参加信阳茶叶节、昆明世博会河南经贸周、武汉经协会、新疆边贸会、河南省辉煌五十年成就展、广州外贸交流会等活动；主办全国性的GMP（药品生产管理规范）认证暨中药新药开发研讨会；连续举办三届"羚锐与老区经济发展论坛"等一系列活动；与河南中医学院一附院共同组织了"大别山革命老区医疗义诊、赠药活动"。

皮影舞蹈"俏夕阳"在 2006 年中央电视台春节联欢晚会上播出，让皮影通过舞蹈这一载体，并借助春晚的强大影响力，使广大民众对皮影艺术增添了或多或少的认识。12 位老人与 24 个小孩的精彩演绎，硬朗老人与可爱小孩的衬托，绿色与红色服装的搭配，让表演更富视觉冲击力和审美效果。这是"前弓后倚皮影步"在舞台上的完美再现，演员对皮影动作的戏仿，在质朴中注入了灵动，在时尚中流淌着传统。服装与音乐对皮影的借鉴与超越，以及表演过程中侧面与正面效果的结合，均使皮影与舞蹈的联姻浑然天成。"俏夕阳"获得了当年春节联欢晚会观众最喜爱的节目歌舞类一等奖。2006 年，羚锐公司利用"俏夕阳"的影响力，制作了创意新颖的"俏夕阳"版广告，从四月起在央视等媒体集中投放。

2012 年底，羚锐公司又继续打造了羚锐广告"女儿"篇——"感恩父母，经常陪伴"，讲述了在外工作的女儿回到父母身边，解除双亲思念之痛的故事。机场惜别、睹物思人、童年回忆、全家团聚，一幕幕平凡而真实的场景体现出真挚而动人的情感，父母牵挂子女的相思之痛，子女陪伴父母的喜悦之情都展现得淋漓尽致。催泪温情的画面和广告词，让观众记忆犹新。

此外，羚锐公司还制作了"有关爱，没疼痛"公益广告片，在各大媒体播放。

在广告片的拉动下，羚锐公司的通络祛痛膏等主导产品销售逐年保持了良好态势，OTC（非处方药）市场和临床销售也实现健康稳步增长。

采取人体体验进行营销，亦称体验营销。体验营销是通过看、听、用、参与的手段，充分刺激和调动消费者的感官、情感、思考、行动、联想等感性因素和理性因素，重新定义、设计的一种思考方式的营销方法。羚锐公司近几年在不同的销售地点建立了羚锐产品体验馆，让广大消费者亲身体验羚锐产品的效能，达到宣传和销售羚锐产品之目的。

此外，羚锐集团推出了小羚羊微信公众号和绿达山茶油微信公众号。不长时间，小羚羊微信公众号的关注人数就已突破200万人，绿达山茶油微信公众号的关注人数突破10万之众。微信公众平台的建立为进一步丰富公司营销模式、宣传推广公司产品提供了又一强大的平台。

熊维政面对冉冉升起的红日，说："营销就是为客户创造价值。企业不能为了盈利而急功近利，杀鸡取卵。对企业来说，做广告还是很有效果的。但不能只注重在广告环节做文章，这样往往会出现昙花一现的结果。做企业必须有强有力的产品来作支撑，过硬的产品质量才是企业锦上添花的资本。羚锐的风格就是埋头做事，充分考虑客户的价值取向，把细节做好，绝不搞那些花哨的不切合实际的宣传来迷惑消费者，甚至挂羊头卖狗肉。因为每一个消费者都不是傻瓜，都明白什么样的产品是自己真正需要的。因此，企业不能一味地用广告来提高产品份额，消费者注重的是产品的质量和口碑，口碑永远是企业最好的广告。"

团队是企业制胜的法宝

"因为我们有梦想，你们有梦想，我们来自五湖四海，为了实现共同的梦想走在一起。因为梦想，我们心心相连，团结一致；因为梦想，我们攻无不克，战无不胜。团队很锋利，有梦想的团队最锋利。"熊维政在员工大会上经常这么讲。

毋庸讳言，一个公司的核心竞争力就是公司的领导者和他的团队，别人可以复制公司的经营管理模式，但无法复制团队的梦想和不断向前的内在动力。

一个锋利的团队，需要一个技艺高超的领导者。在黏合团队的技艺方面，熊维政从古老的中华文化中汲取了充足的营养，他像膏药一样黏合着整个团队，成为一个令人惊叹的"唐僧CEO"。他能把孙悟空、猪八戒、沙和尚等各具特色的高管和员工有效地团结在自己的麾下。

二人同心，其利断金。团队凝聚力的重要性不言而喻。每个员工都是企业的主人，都有管理好公司的权利和责任。西方的公司是用制度来保证，除此之外，中国的企业还用人来做坚强的后盾。

团队凝聚力是维持团队生存的必要条件，对团队的潜能发挥起着至关重要的作用。如果一个团队丧失凝聚力，就会像一盘散沙，站不稳，立不起，难以维继下去，公司运转呈现出低效率状态；而凝聚力像铁一样硬，钢一样强的团队，其成员工作热情高，做事认真，工作效率很高，并有不断的创新成果。因此，团队凝聚力也是实现团队目标的重要条件。

熊维政认为："作为一个团队领导人，首先要破除个人英雄主义。现代社会瞬息万变，丰富多彩，领导也是人，并不是什么都懂，什么都会做。领导人在给予每位员工自我发挥空间的同时，要特别注重搞好团队的整体搭配，形成协调一致的团队默契；其次，要准确了解每位员工特别是高管的个人特点，用其所长，并让团队成员懂得彼此之间互相了解、取长补短的重要性。如果能做到这些，团队就能凝聚出高于个人力量的团队智慧，随时都能迸发出惊人的团队力量，创造出喜人的团队绩效。"

公司领导人要注重培养每位员工的团队意识，团队意识不是公司成立就产生，重在工作过程中渐渐培养。早在 1945 年，号称经营之神的松下幸之助就提出：公司要发挥全体员工的勤奋精神，并不断向员工灌输全员经营、群智经营的思想。为打造坚强的团队，在 20 世纪 60 年代，松下电器公司会在每年正月的一天，带领全体员工头戴头巾，身着武士上衣，挥舞着旗帜，把货物送出。在目送几百辆货车壮观驶出厂区的过程中，每位工人心中都会升腾出由衷的自豪感，为自己是这一团队成员感到骄傲。

英雄所见略同。熊维政自豪地说："羚锐公司团队意识的培养从羚羊山制药厂的时候就开始了，那时，我带领我们的业务员去江西樟树、河南百泉参加全国药交会，我们坐在东风牌大货车上，临出发之时，厂里燃放着鞭炮，全厂员工都出来相送。从员工的表情和目光中，我们可以看出，所有的员工都希望我们在药交会上签更多的销售合同，取得更理想的业绩。这一幕令我终生难忘。

有强烈团队意识方能产生牢不可破的团队凝聚力。

熊维政一直致力于打造一支有梦想、有凝聚力、有战斗力的团队。团队合作应包括这些内容：共享共担，平凡人做非凡事；乐于分享经验和知识，教学相长；以开放的心态听取他人的意见；表达观点时，直言不讳；在工作中群策群力，拾遗补缺；不是自己分内的工作，也不推诿；决策前充分表达意见，决策后坚决执行；有主人翁意识，积极参与，促进团队建设。

"在我们整个团队合作中，每位员工为了共同的梦想，共享共担，以小我完成大我。我们羚锐的每个员工都很重要，我们的团队合作就是不让任何一个人失败。不管你在哪里，都是羚锐团队的一员，都代表羚锐形象，羚锐品质，都应全力发挥团队的功能。"熊维政站起来激动地说，"我们的员工只有把自己分内的工作做好，才能谈得上与其他员工合作。我记得公司有个叫江丽的女孩，她跑贷款，银行不给贷，她一次次找银行经办人和领导，中午，她就一直坐在银行门口不走，不达目的誓不罢休；更有甚者，我们有些业务员，为了公司的利益，在自己心爱的岗位上献出了宝贵的生命，他们的事迹将永远记载在羚锐的功劳簿上，永远记在羚锐人的心中……"

讲到这里，熊维政热泪盈眶，他擦了擦眼泪，接着说："我们羚锐能走到今天，是因为公司高管和众多的员工以团队为重，牺牲小我完成大我。有许多人已经走出羚锐单独发展，但他们曾是羚锐的功臣。还有一大批普通员工，他们常年坚持在生产一线或者奔波在销售一线，加班加点，餐风露宿，忍辱负重，为羚锐的发展献智慧献青春献力量，他们呕心沥血，顽强拼搏，砥砺前行，丝毫没有怨言。我对他们的团队合作精神和舍小家为大家的敬业精神表示由衷的敬佩。我熊维政纵有三头六臂也只是一个人的力量，是他们成就了当今的羚锐，没有他们凝聚在一起，就没有羚锐的今天！此外，除已提及的领导同志之外，还应该十分感谢一些领导同志，在我创业的过程中，他们给我提出了很多建设性的指导意见、超前的经营理念和切合实际的发展思路。他们为羚锐的发展倾注了十二分的热情和百分之百的真诚。他们为羚锐发展付出的心智，将永远铭记在羚锐人的心中！"

羚锐公司的发展，倾注了熊维政忘我地付出。他在生活和工作中时刻对自己高标准严要求。在工作中，他心中只装着羚锐，在生活中，他心中装着家庭和公司员工的生活冷暖。他常说自己有两个儿子，一个是熊伟，一个是羚锐。在严以律己的同时，他以同样的标准严格要求公司的每一位员工。凡是要求别人做到的，他自己首先做到；凡是要求别人不许做的，他首先告诫自己不许做。羚锐公司为了安全生产，实行内部戒烟。为了督促戒烟持久下去，他带领公司高管检查，自己亲自用笤帚在员工宿舍床铺底下来回地打扫，发现有烟头，先批评教育，屡教不改的，进行严罚。

熊维政以上率下，率先垂范。公司员工都自觉遵守每一项规章制度。羚锐的发展壮大，得益于每一位员工都严格遵守相应的规章制度。在执行规章制度上，熊维政严禁开破规矩之先河，他说："破了规矩，以后再想堵上，那就难了。"

熊维政始终坚守做企业就如同做人的理念，企业的经营管理和管理作风，都能体现企业领导者的做事规则和做人风格。一个能创业并能取得成功的人，首先是一个会做人的人。大多数企业家或者商人，都具备一些特殊的才能和天赋，他们不仅会做事，更会做人。想做事、做成事是他们的能力，会做人、做好人是他们的品格。其次，在企业的生产经营管理中，其对象都是人，人是企业生存和发展的决定因素。企业的发展壮大，永远与做人密不可分。品行端正的人才能把事情做好，才能做出好企业。好的领导带出好员工，好的员工打造出好企业，好的企业生产出好产品，好产品塑造好的品牌，这是一个良性循环。

应该说，熊维政的世界观、人生观和价值观，都达到了一个相当高的层次，这是一般人都达不到的。他一直站在大局角度和总体利益的角度来谋篇布局。而不是从自身利益看问题。他说："做人就做一个诚实的人，一个守信的人，一个廉洁的人，一个有责任的人，一个有担当的人。"

只有敢抓自己错误的人才能成为伟大的人。熊维政"每日三省吾身"，不断地进行检查总结，发现自身的不足并加以改善。"我性子急，但又是个完美主义者，有时情急之下好批评人，可过后发现是我自己错了，那么，我就给他们道歉。作为一个领导，要时刻保持良好的心态，要不断自我学习，从书本和同事身上学习，别人对了，就不能固执己见。"他说，"只有不断否定自己，才能不断超越自己，一个人的进步就是不断否定自己超越自己的过程"。

得人才者得天下。资本和人才是企业发展必不可少的两大决定性因素。在熊维政的眼里，人才比资本更为重要。在创业过程中，最大的痛苦不是缺钱，而是缺人。熊维政认为，人才的培养是一项系统工程，不是一两天就能见效的，需要持之以恒。要打造一家百年企业，不是一两位企业领导人就能完成的，需要一代代、一批批德才兼备的人才一直努力。

从羚锐公司的发展历程看，解决人才短缺的问题，熊维政主要采取三种办法：

第一，通过培训提升员工素质，培养自己需要的应用型人才。与大专院校联合开办了企业管理和制药专业委培班，要求所有员工于2001年必须学历达标；对生产工人进行了全员GMP（药品生产管理规范）轮训，培训内容逐步扩展到法律、药理、临床知识、市场营销、公关礼仪等知识层面；大胆使用有真才实学、愿意干事、能够干事的人，把他们放在一线岗位、重点岗位去锻炼、培养，给舞台、压担子，在实际工作中培育忠诚度高的骨干队伍；选派相关技术人员、管理骨干到北京大学光华管理学院、华中科技大学等院校深造学习，到优秀企业学习，并参加各种研讨会、培训班，提高他们的整体水平和综合素质；建立羚锐培训中心，进行具有针对性和专业性的培训，加快青年人才与骨干员工的培养步伐。环境幽雅的羚锐香山湖培训中心，目前，已经成为北京大学光华管理学院和华中科技大学的学生社会实践基地。总地来看，羚锐集团大部分高管及中层干部都是公司内部培养而脱颖而出的，他们的进步与公司的发展息息相关。

第二，通过招聘引进专业化的应用型人才，吸收引进懂经营、善管理的复合型人才。每年羚锐公司在社会和大专院校招聘数百名营销、企业管理、产品开发、财会、药学等专业人才和大中专毕业生。制定出台吸引高素质管理人才和技术人才的优惠措施，将一批真正懂管理、懂经营、懂技术的人才吸引过来，共谋公司的发展。

第三，用良好的经营理念和文化价值来吸引人才加盟。一般企业往往用高薪高职来诱惑人才加盟，但高薪高职的办法往往有其弊端，因为与高薪高职相伴的是高付出和高回报，这往往会使人陷入不正当竞争的漩涡之中，给企业和个人造成不利的影响。无论如何，在现代企业管理中，能让比较优秀的人才走到前台，让他们担任重要的角色，才是企业发展的硬道理。

一个企业要成长和壮大，主要取决于两样东西，一个是员工的成长，一个是客户的成长。

"若乃人尽其才，悉用其力。"这是《淮南子·兵略训》中的一句话，意思是说，让每个人都能充分发挥自己的才能，用尽自己所有的力量。

在任何一家企业中，员工的能力都是有区别的，这就像发动机和螺丝钉一样，企业虽然需要能对企业产生变革性影响的发动机型人才，也离不开兢兢业业为企业无私奉献的螺丝钉型员工。就刘邦文韬武略来讲，领兵打仗不如韩信，运筹帷幄不如张良，治国理财不如萧何，可最终成就了大业，他靠的就是知己知人、知人善任、人尽其才的用人能力。

熊维政说："作为企业管理者，一个重要责任就是最大程度地开发员工的潜能，要做到这一点，就要使员工与其岗位相匹配，通过岗位匹配达到开发员工潜能的理想效果。羚锐公司成功的关键是找到了最适合每个岗位的优秀人才。企业不一定需要能力最强的人，但一定要找到最适合这个岗位的人。单凭我个人的能力是有限的，这不要紧，只要我做到人尽其才，能够在每个领域安排最合适的人就行。"

熊维政十分注意培养羚锐集团的干部梯队，并创造一种任人唯贤的选拔、培养和激励机制。集团不仅为普通员工提供了大量的晋升机会，也为他们创造一个良好的成才环境。羚锐集团的中层干部和高管，大部分都是从一线员工成长起来的。透皮贴剂事业部连续输送十多名优秀地区总经理到中国人民大学 EMBA 进修学习。为提高员工归属感，经过综合考评与面试，把一大批优秀的基层车间员工和优秀的 OTC（非处方药）代表转正。但也有员工不忠诚于企业，即使他很有能力，集团断然不用，因为这样的人越多对企业的损害越大。羚锐集团先后辞退十余名这种人。

在羚锐集团，你有多大的能力，就给你多大的舞台。关键看你是不是人才，把你放在岗位上，让你去做事，如果你能做得好，做出成绩来，你就是人才；如果不行，即使有再多的头衔和桂冠，你也不是羚锐集团所需要的人才。现在有很多年轻人，晚上想有千条路，早上起来走原路。中国人的创业，不仅仅是靠你有出色的想法、理想和梦想，还要有愿意为此付出一切代价，并全力以赴的一股执着和"傻傻"的闯劲。

人生就是这样，有乌云密布的时候，也有云开日出的时候，有阳光普照的时间总会多得多。一个人只要持之以恒地按照自己的理想努力地干下去，相信总会有彩虹出现的那一天。

不愿改变的人只能等运气，懂得掌握时机的人便能创造机会；幸运只会降临在具有正确世界观、胆大心细，又敢于接受挑战、团队合作精神强的人身上。

熊维政经常用这段话激励员工：有多少人从小就想干一番事业，却一辈子都是碌碌无为。这种人的失败，并不是败在能力上，而是败在一个"等"字上，等时机，等市场，等一切都准备好。有人喜欢说，等你成功了，我就跟你干。你可知道，我成功了，你和我的距离已经很遥远了。雪中送炭的时候，你只在看；抱团取暖的时候，你却在躲；同舟共济的时候，你不出力；锦上添花的时候，我不缺人。一想、二干、三成功，一等、二看、三落空。什么样的人生最悲哀，就是拿着自己的时间，去见证别人的成功；什么样的人生最可怜，就是自己不敢去尝试，却嘲笑别人的努力。活着最大的失败不是跌倒，而是从来就不敢奔跑。

创新是企业前进的永动机

创新是指人们为了发展的需要，运用已知的信息，不断突破常规，发现或产生某种新颖、独特的有社会价值或个人价值的新事物、新思想的活动。创新的本质是突破，即突破旧的思维定势、旧的常规戒律。创新活动的核心是"新"，它或者是产品的结构、性能和外部特征的变革，或者是造型设计、内容的表现形式和手段的创造，或者是内容的丰富和完善。

企业创新是现代经济中创新的基本组成部分。企业往往由生产、采购、营销、服务、技术研发、财务、人力资源管理等职能部门组成，因而企业的创新涵盖这些职能部门。企业创新包括产品创新、生产工艺创新、市场营销创新、企业文化创新、企业管理创新等。

销售是企业发展的龙头。质量再好的产品，如果卖不出去，堆放在仓库里，就无法服务广大消费者。只有把产品投放市场，把产品卖出去，服务消费者，企业才能有发展的机会。

市场发展到一定程度，资本越来越集中，竞争也必然越来越残酷，尤其在国内，消费增长比投资增长慢，必然会导致生产过剩的时代提前到来，所谓的"红海"战略，描述的就是在这种环境下竞争的企业战略，其一个主要特点就是"血腥"。资本集中导致产品技术竞争的差异化程度越来越小，营销创新就成了许多企业的救命稻草。过去的几年，可以说是国内企业营销创新得到了很大的发展，渠道创新、概念营销等，都让人耳目一新，但这些凝聚了许多营销人心血的创新，来得快，去得也迅速。比如凭借着渠道营销创新一夜走红的三株，也就风光了几年，最终倒在自己的营销思维上，还有风光一时的秦池、爱多，等等。那么，羚锐公司的营销为何长久不衰，销售业绩逐年不断攀升？关键是羚锐公司的营销创新思维准确地把握了市场和消费者的需求。

熊维政一直没有抛弃创新的根本：产品质量。在现实生活中，有很多人思维好像非常超前，一说起营销，必然滔滔不绝的一大堆，听起来非常前卫的理论，让人云天雾地，肃然起敬；更有人出卖所谓的"点子"成了大营销家，但一旦实践起来，这些理论和"点子"就如被包装好的流行歌曲，即使成名，又能维持多久？不能否认前卫理论和"点子"的作用，关键是有哪个百年企业是依靠一时的前卫理论和"点子"一直发展的呢？羚锐公司的一个秘诀就是始终把产品是否能够符合消费者的需求作为营销至高无上的法宝。当别的企业在炒作概念的时候，熊维政始终如一地坚持把"优秀的产品才是最好的营销"当作自己的根本准则。他说："只有在产品的基础上创新的营销，才是永远能够保持活力的营销。"

熊维政十分注重创新销售路径：营销渠道。无论是眼下流行的终端制胜论还是大批发萎缩论，企业的营销是绝对不能没有渠道的。渠道是企业营销创新取之不尽用之不竭的源泉。羚锐公司创新设立全国区域性营销网络，逐步创新细化销售终端，细化营销网络，同时，严格营销制度，严厉打击"窜货"等危害市场秩序的行为。使羚锐产品的销售取得了空前的成功。全国性庞大的营销网络，奠定了羚锐透皮贴剂在业内的领导地位，从而保证了羚锐跨越发展。

熊维政一直把营销创新放在企业生存的战略高度。他说："我们不要把营销当作企业渡过难关的战术使用，一定要把营销创新提升到战略的高度。为什么很多外国专家都评价说中国的民族企业最终不能担当大任？除了企业整体战略，就是营销创新战略的缺失。内行看门道，外行看热闹。别看国内许多企业在营销上搞得有形有色，但细看了，却基本上没有几个能够把自己的营销创新坚持下来，并发扬光大。一旦营销掌门人换掉，企业的营销创新又换了一种思路，最终受损失的是企业。羚锐公司成功的秘诀之一就是把营销创新当作企业发展的战略来谋划，无论是谁主管营销工作，其营销创新都是一个持续完善的过程，创新都要顺应市场需求。如果我们的企业能够把企业营销创新当作一种战略，这种尴尬的局面就不会出现，企业也就不会因为换人而换思路了。"

熊维政把羚锐的创新服务营销当作核心竞争力的制胜法宝。为客户和顾客创造价值，是抓住消费者心理，赢得客户和顾客的关键所在。但这种服务不是表象的，不是哗众取宠的，不是一时的激情，它是真心诚意的，实实在在的，长久不变地为客户创造需要，急客户之所急，解客户之所需。熊维政说："这种创新服务营销战略，曾经有很多企业跟进。羚锐始终把服务创新当作自己的营销战略贯彻于始终，不管别人说羚锐产品质量怎样怎样，但就凭羚锐的服务特色，羚锐的营销战略就是成功的，至少在目前的国内企业，还没有一个企业能够把自己的营销创新贯彻到战略高度并且如此彻底，这就是羚锐成功的基本因素之一。"

创新思维是一个优秀企业的领导者必须具备的素质。仅仅跟在别人后面学习，永远不会超越对手。创新思维，就是要以刮骨疗毒的精神来改变惯性思维。要不断动脑筋想办法，对企业做出战略性思考，准确预判企业经营环境的变化趋势，有目的地构建新的游戏规则。要主动创造变化，而不是单纯适应变化。单纯适应变化，就会永远走在别人后面，企业就不会实现跨越式的发展。只会适应变化，企业将无法生存于未来。面对未来的企业，必须善于打破现状，挑战自己，超越自己。真正的竞争，不是与别人竞争，而是与自己竞争。只有不断地挑战自己，改变自己，才能不断取得突破，才能领导行业的潮流，代表行业的发展方向。

在创新思维的驱动和领导下，企业才会生产出有质量创新的产品，有了质量创新，企业才具有生命力。一个没有创新的企业，是一个没有灵魂的企业；一个没有核心技术的企业是没有脊梁的企业，没有脊梁的企业永远站不起来。要想做百年企业，需要百年品牌支撑；百年品牌，需要与时俱进，不断满足消费者的产品质量做后盾。如果企业不能适时应变，不断进行产品质量创新，做出让广大消费者满意和信赖的产品，做百年企业简直就是痴心妄想。

熊维政非常自信地说："企业的创新，表现在很多方面，包括产品创新、生产工艺创新、市场营销创新、企业文化创新、企业管理创新，等等。每个方面的创新都非常重要。单单就质量和工艺创新方面，羚锐公司多年来始终坚持自我发展、自主创新、自主品牌的发展战略，羚锐公司为了提高自主技术和创新能力，每年投入技术研发资金，都超过公司当年销售收入的百分之五以上。走专业化之路，产品质量不断递进，不断超越自我，成功实现了由技术追随向技术领先转变。产品质量在消费者心中赢得口碑。"

创新成为羚锐公司成长的终极密码。羚锐人"传承、创新、发展"的理念，一代代地传承下去。公司的人可以老去，但羚锐公司的创新理念、产品质量始终永葆青春。

在羚锐公司质量创新管理上，熊维政要求，上至企业高管，下至班组员工，人人树立质量创新意识。在羚锐公司局部，每个班组成立了QC（质量控制）小组，一方面负责产品质量把关，另一方面进行生产过程中的技术小改革、小发明、小创造，完善生产流程。在公司层面上，羚锐公司斥巨资，与华中科技大学、中国中医学院等高等院校结盟，成立了国家级企业技术中心、北京药物研究院、经皮给药工程技术研究中心等科研机构，并用高薪吸引科研人员加盟。同时，羚锐公司设立了创新奖，拿出数量可观的奖金，奖励在创新领域作出贡献的科研人员。

一个好的企业靠输血是活不久的，关键是靠自己造血。

在技术创新方面，羚锐公司开展了巴布剂技术研究，通络祛痛膏、胃疼宁片在中国郑州2002年适用先进技术交易会上被评为金奖；完成了"青石颗粒品种续保"项目的技术审评，"胃疼宁片续保"项目的立项研究申报工作，开展了冰樟桉氟轻松贴膏、祛痛健身膏、活血消痛酊转正标准的各项研究工作，并将河南华泰公司祛痛健身膏、气管炎膏、冠心膏、神农镇痛膏等四个产品成功转移到新县生产基地生产。

创新热压法的应用逐步取代溶剂法；成功改进热溶胶基质生产工艺，此项工艺的改进和应用，是羚锐公司硬膏剂产品真正意义上的创新，将使公司的产品档次与国际一流水平接轨；大力开发和创新内病外治的膏剂产品，尤其是在引进国外先进的透皮吸收，缓控释技术的基础上，创新开发新的产品，丰富了羚锐公司的系列膏剂产品群，提高了科技含量；壮骨麝香止痛膏配方中去掉豹骨成分的工作，国家药典委员会已审查获批。

热压法技术已应用生产精品伤湿膏；热熔胶技术已应用于生产保健品和外贸产品；联苯乙酸贴片、通络祛痛膏（骨质增生一贴灵）增加适应症和热熔胶生产通过国家药审中心审评；乳癖消贴膏、少林风湿跌打膏和骨健灵贴膏三个创新产品获国家审批；新县公司通过创新生产工艺，解决了热压法生产中的透背问题；创新采用了新的"高压微雾加湿系统"，以水雾汽化的方式，达到打浆车间加湿、降温的效果；创新改进提取车间真空冷却系统，在缓冲罐内增加冷却管道，以增加冷却效果，达到增加回收酒精的目的；内服药完成银杏叶片产品的创新开发工作，取得产品生产批文。

芬太尼贴片、解毒散结胶囊取得生产批文，化药Ⅱ类新药盐酸格拉司琼贴剂取得临床研究批文；丙烯酸压敏胶取得进口注册证；贴膏剂热熔胶基质、混合基质和巴布剂创新工艺技术研究取得突破性进展，均达到批量生产要求；橡胶膏剂热压法创新工艺成功实现大批量生产，完全实现了提高安全性、降低生产成本的预期目标；重点创新研发项目化药贴片研究进展顺利，在基质材料、配方筛选、制备工艺和质量分析方面均有创新和突破，为化药贴剂技术研究积累了宝贵经验。这几项创新技术成果，为公司在贴膏剂领域保持领先地位，奠定了坚实的基础；口服药创新工艺技术研究的重点项目免制粒工艺，经过长达六年的艰苦努力，2012 年终于取得了突破性进展，创新实现了丹鹿通督片、胃疼宁片、参芪降糖胶囊、结石康胶囊、心可宁胶囊等产品的免制粒工艺，缩短了工艺流程，大幅度提高了生产效率，同时降低了生产过程中的污染机会，为保证口服药快速增长的销售需求创造了条件。

橡胶膏剂涂布含膏量在线控制技术，是羚锐公司多年来立项创新研究的重大课题之一，该项创新研究于 2014 年取得突破，成为工艺技改和技术创新工作的亮点；在生产工艺创新技改方面，成功创新开发了橡胶行业的挤出机，成为工艺技改和技术创新工作的又一亮点。2005年创新开发的舒腹贴膏剂产品，2013年再获生产批复。

羚锐公司与华中科技大学共同开发创新研制出了橡胶膏剂计算机控制 CO_2 激光超微切孔技术和涂胶在线自动测控系统，全面应用于膏剂产品生产，提升橡胶膏剂产品品质。此专利技术属国内独创、国际领先水平。

在知识产权保护方面，先后取得了骨质增生一贴灵的发明专利权和通络祛痛膏的生产保护权，并在国内38类商品范围内和国外28个国家及地区申报注册"羚锐"商标。"羚锐"商标继被认定为"河南省著名商标"后，2002年初又被国家工商总局认定为"中国驰名商标"；完成了"驱蚊贴""通络祛痛膏""羚锐小羚羊"等三件外观专利申请，外观专利证书已下发。"一种通络祛痛膏及其生产方法"获国家发明专利。2013年12月，羚锐制药被国家知识产权局确定为首批国家级知识产权优势企业。

在创新开发新产品方面，开展了山檀药用资源开发、壮骨麝香止痛膏处方、复合PVC包装材料的试验、中药材水分内控标准等方面的研究；获得三类新药结石康胶囊生产批文和新药证书；获得了四类新药野苏胶囊生产批文和新药证书；通络祛痛膏增加适应症（五类新药）的研究，各项技术通过国家审评；研发了四类新药通络祛痛膏巴布剂；成功实现了通络祛痛膏、培元通脑胶囊、参芪降糖胶囊、野苏颗粒试行标准的转正；参芪降糖胶囊申报中药品种保护通过国家审评；参芪降糖胶囊和咳宁胶囊获得名牌产品称号；完成了结石康胶囊等三个新药的研发工作。

新产品心可宁胶囊、骨增生镇痛膏、格列苯脲二甲双胍胶囊、感冒康胶囊获得了国家生产批文，并实现顺利投产；进行了"联苯乙酸原料及贴膏""银杏叶提取物及片剂"等项目的研究开发；阿奇霉素片等六个化学药及病毒清胶囊、丹鹿通督片通过了国家药审中心的评审；完成了"通络祛痛膏增加适应症"项目的临床试验和散结止痛膏浸膏的提取等多项研究工作，并将首批提取的浸膏送往日本进行实验研究。

获得丹鹿通督片、舒腹贴膏、盐酸左氧氟沙星片、盐酸克林霉素胶囊、罗红霉素片等五个新产品批准文号；获保健品羚锐降压保健贴、羚锐扭伤保健贴、羚锐酸痛保健贴等三个新产品批准文号；通过开展橡胶膏剂产品抗氧化实验、通络祛痛膏改进工艺的研究、胃疼宁片改剂型实验研究、辣椒风湿膏改基质研究等，进一步提高了产品科技含量。

公司主打产品通络祛痛膏和培元通脑胶囊被正式收载于2015版《药典》，通络祛痛膏被评定为国家中药保护品种；如期完成卫材产品吲哚美辛贴、消炎镇痛膏、伤痛宁和精制狗皮膏转移中的技术研究工作；退热贴及暖贴产品产业化研究工作取得重大突破，小儿氨酚黄那敏颗粒、气管炎橡胶膏、骨增生镇痛膏、神农镇痛膏、祛痛健身膏等几个市场潜力大的产品实验研究工作进展顺利，产品已具备生产条件；陆续推出了罗红霉素片、盐酸左氧氟沙星片、盐酸克林霉素胶囊、奥美拉唑胶囊等新产品。

创新是企业持续壮大的唯一出路。羚锐公司产品创新硕果累累。新工艺、新技术的应用和新产品的研发，提高了产品技术含量，羚锐制药通过多年的创新研发，已达到十余种剂型百多个产品，极大丰富了羚锐制药的产品群，为进一步扩大生产规模、提高产品市场占有率和加快公司发展提供了可靠的产品保证。

熊维政说："羚锐品牌在业界尤其是在透皮给药膏剂领域已真正成为国内第一品牌，但要打造膏药大王，使之成为百年品牌，百年老店，我们必须确保技术上的领先地位，因此我们还将继续不懈地努力，永葆技术创新，不断创新提升产品质量，不断创新提高产品的科技含量，不断创新研究膏剂新基质和生产新工艺，确保我们在国内乃至国外透皮贴剂方面的技术和质量的领先性。"

诚信是企业立身之本

"诚信立业、造福人类"是羚锐公司的企业发展理念。一个企业的发展理念把"诚信"放在首位，可见企业及其领导人对"诚信"的极端重视。"一个企业，不讲诚信，何以生产出诚信的产品；没有诚信的产品，何以打造出诚信的品牌；没有诚信的品牌，企业何以安身立命？做人亦是如此，对人以诚信，人不欺我；对事以诚信，事无不成。"熊维政认真地说。

诚然，企业是社会最活跃的细胞之一，只有在具备诚信的企业理念统领下，企业和员工才会拥有对客户、对社会的责任心。企业创造的品牌，要想在市场上站稳脚跟，必须付出诚实的劳动，以务实的营销策略和踏踏实实为消费者服务的扎实作风，才能让产品得到消费者和市场的认可。

诚信是企业生存发展和企业核心竞争力的基石，永远动摇不得。企业未来的竞争，就是品牌的竞争，也是信誉的竞争，产品有其生命周期，但品牌的生命力和信誉的感召力却无穷无尽，消费者往往对品牌的信任根深蒂固。因此，诚信是保持企业百年不衰的奥秘所在，打造具有诚信的企业品牌，是企业发展的重中之重。

羚锐集团坚持打造"诚信企业、诚信羚锐"的企业诚信品牌，在品牌的拉动下，羚锐通络祛痛膏等明星产品单品年销售量过亿元，并连年入选"健康中国·中国药品品牌榜"，成为行业中强势品牌，市场份额连年攀升，品牌形象不断提高。"羚锐"商标被认定为"中国驰名商标"，成为国内外用贴膏剂药业中首件中国驰名商标，羚锐公司获得了第四批全国"守合同重信用"单位称号。

熊维政强调说："诚信与品牌相伴而生，诚信要贯穿于塑造品牌的全过程，它是维护和提升品牌形象的基本手段。"任何一个企业，只要拥有了诚信这个信念，其产品质量就会过硬，其价格就会合情合理，其服务质量就会精细周到，其名誉就会广泛传颂，其效益就会日新月异。

作为一个企业家，熊维政坚持"诚信、共赢"的经营理念，坚持走拥有自主知识产权的专业化研发道路，勇于承担社会责任和历史使命。

诚信不在心动，而在行动。诚信不在于说得好，而在于做得好；不在于承诺的语言如何的动听，而在于如何兑现承诺的行动。承诺是土，兑现是金。羚锐从来不用虚假的承诺来欺骗消费者，承诺了就得兑现，羚锐的"锐"字，左边是个"金"字，右边是个"兑"字，就是金口玉言，兑现承诺的意思。企业本身必须讲诚信，言必行，行必果。诚信是实现共赢的根本，是合作干事的前提。许多企业因为诚信缺失，企业最终破产倒闭，关了门。正所谓，人无信不立，家无信不成。如果承诺不兑现，就不是诚信企业，消费者就不会买你的账，就会抛弃你。这就倒逼企业以诚信的态度做好产品，提高产品质量，提高服务质量。

熊维政认为：诚信缺失是最大最严重的缺失。每个行业都有自己的游戏规则，但有一点是共同的，那就是无论哪一方，在合作中必须讲诚信。诚信合作，才有无穷的生命力。而不讲诚信，就完全不具备合作的条件。所有的商业关系，都应该用诚信搭建，做不到这一点，合作就无从谈起。

羚锐集团坚持把诚信作为立身之本、立业之源。在公司创立之初，羚锐公司就确立了"诚信立业、造福人类"的企业理念，并把它融入生产经营活动的各个层面和员工的行为规范之中，始终在员工中开展"爱岗敬业、诚实守信、办事公道、服务客户、奉献社会"主题教育。制定"羚锐员工手册"等行为规范，鞭策员工诚信待人、诚信做事，以诚信经营为荣，树立为客户和顾客提供优质产品和服务的诚信观念。

"产品质量关系企业的生命，药品质量关系人的生命。做企业就是做人，尤其是生产药品，要把诚信和良知融进生产的药品中，做良心药，做老百姓放心药。我对羚锐员工经常说，你生产的药，就要时时刻刻想着，这药就是给你的亲人吃，给你的亲人治病。这个比喻没有什么不恰当，人都不是金刚之身，谁都会生病，谁生病了都得吃药。所以，我们对员工的诚信教育丝毫没有放松过。繁荣的经济需要优秀的企业和卓越的品牌作为支撑。商业其实是个很复杂的行业，但只有一样东西能够自己把握，就是诚信。因为诚信，所以简单。越复杂的东西，越要讲究诚信。只有诚信，人们才能享受幸福的生活。"熊维政经常这样说。

熊维政讲了一个故事：一位顾客走进一家汽车修理店，自称是某运输公司的汽车司机。"在我的账单上多写点零件，我回公司报销后，有你一份好处。"他对店主说。但店主拒绝了他的要求。

顾客纠缠说："我的生意不算小，我会常来的，你肯定能赚不少的钱。"

店主告诉顾客这样的事情无论如何他不会做。

顾客气急败坏："你真傻，谁都会这么干的！"

店主扔下手中的工具，让顾客马上离开，到别处去谈这样的生意。这时，顾客露出微笑并满怀敬意握住店主的手，"我是那家运输公司的老板，我一直在寻找一家固定的能够信得过的维修店，你还让我到哪家去谈生意呢？"

面对诱惑，不怦然心动，不为其所惑，虽平淡如云，质朴如水，却让人领略到一种山高海深的品质。这是一种闪光的品格——诚信。

在利益面前坚守做人的品格，店主的诚信赢得了客户的信任，为自己赢得了发展的机会。如同店主一样，羚锐集团能发展到今天，是全体羚锐人共同坚守诚信，共同努力和奋斗的结果。羚锐的模式，就是要不断改变和超越自己，而将诚信和责任作为永恒不变的财富，使之传承下去，并让它永葆青春。

对一个企业来说，诚信可划分为企业诚信和企业内部诚信。企业诚信是企业所处市场经济环境下的诚信，它需要企业领导者和所有员工共同塑造。在某些时候，企业领导者的诚信就代表企业的诚信；企业内部诚信则存在于员工与其工作岗位、员工与员工以及员工与管理层之间，员工的诚信也是企业文化的表现内容。

诚信的内容应该包括：诚实正直，言出必践；胸怀坦荡，对事不对人；言行一致，不受利益或压力的影响；勇于承认错误，敢于承担责任；不传播未经证实的消息，不背后不负责地议论人和事；坚持原则，不随意承诺或妥协。

由此可见，诚信的根本是做人，诚信的终极内涵是做人。

小成凭智，大成凭德。企业家、商人、生意人是有本质区别的。通常来讲，生意人唯利是图，有钱就赚；商人有所为，有所不为；而企业家必须诚信经营，承担社会责任，创造价值，回报社会。因此，在现代企业管理中，员工的技能与培训仅仅是一个方面，要把员工的诚信管理放在十分突出的位置，这也是人力资源管理的重要组成部分，是人力资源管理深层次的发展。

羚锐集团总部的墙壁上书写着这样的文字：我是羚锐人，我们加倍珍惜自己的工作，自尊自爱，团结奉献，二次创业，再铸辉煌。每个星期一的早晨，员工在领导的带领下，举行升旗仪式，随后集体朗诵墙上的标语，其目的就是时刻提醒所有员工诚信做人，认真做事，乐于奉献。

熊维政有句口头禅：要想把自己的事情做好，首先把别人的事情做好。做企业做产品要从做人开始，要做一个诚实的人，一个讲信誉的人。只有这样的人，才有可能打造出诚信的企业，才有可能生产出讲信誉的产品。在企业内部，人与人之间，部门与部门之间，都要用心践行先做人，后做产品的经营守则。尤其是奋战在经营前沿的销售员，他们人人都是企业的名片，时时事事都代表着企业形象，更应该牢记和遵守诚信，用诚信赢得信誉和荣誉，为提升公司的形象和品牌形象积极努力。企业的品牌是无形资产，是企业可持续发展的翅膀。诚信之道，是中华民族的传统美德。随着市场经济的迅猛发展，追求诚信是企业发展的必由之路，是企业可持续发展的基础。

诚信与奉献和责任都是相辅相成的，诚信是内在的基础。无数事实证明，一个人，一个企业，如果以信誉为重，那么这个人或这个企业的责任心就强，就甘于奉献。相反，责任心和奉献精神就差，甚至根本就无责任心和奉献精神。

不诚信的人是没有前途的人，不诚信的民族是堕落的民族，不诚信的企业是毫无希望的企业。羚锐在聘用员工时，首先考虑的因素就是能否做到诚信；在员工上岗之前，首先进行诚信、责任、奉献等方面的羚锐职业道德的培训；在工作中，羚锐公司经常组织诚信阳光行活动，时时刻刻在工作实践中强调诚信。诚信已经融进羚锐员工的血脉之中，成为羚锐集团外化于形、内化于心的企业文化和经营管理理念。

执行力是企业竞争力的核心

"一个企业，无论它的战略规划如何好，如果它的团队执行力很差，则是纸上谈兵；一个人，不管他想法多么美好，如果他不去做，所有的愿景都化为泡影。一想二干三成功；一等二看三落空。"熊维政如是说。

心动不如行动。所有的想法都要靠脚踏实地地去执行，去落实，才能取得成功。这就是执行力的问题。所谓执行力，指的是贯彻战略意图，完成预定目标的操作能力。是把企业战略、规划转化成为效益、成果的关键。执行力包含完成任务的意愿，完成任务的能力，完成任务的程度。对个人而言执行力就是办事能力；对团队而言执行力就是战斗力；对企业而言执行力就是经营能力。而衡量执行力的标准，对个人而言是按时按质按量完成自己的工作任务；对企业而言就是在预定的时间内完成企业的战略目标。

企业执行力是企业竞争力的核心，是把企业战略、规划转化成为效益、成果的关键。

熊维政一直强调："管理就是落实。"一个企业是一个组织，一个完整的机体，企业的执行力也应该是一个系统、组织和团队的执行力。执行力是企业管理成败的关键。只要企业有好的管理模式、管理制度，好的带头人，充分调动全体员工的积极性，管理执行力就一定会得到最大的发挥，企业就一定能实现百年企业的目标。企业要实现"办一流企业、出一流产品、创一流效益"的经营宗旨，解决管理中存在的问题，就必须在员工中打造一流的企业执行力。一个执行力强的企业，必然有一支高素质的员工队伍，而具有高素质员工队伍的企业，必定是充满希望的企业。

　　企业的执行力由每位员工的执行力组成，要提高企业的执行力，不仅要提高企业从上到下每一个人的执行力，而且要提高每一个单位、每一个部门的整体执行力。每个单位、每个部门、每个人的执行力都有差别，彼此之间应相互补充，固强补弱，补齐短板。只有这样，才会形成企业的系统执行力，从而行成企业的执行力、竞争力。

　　执行力的培养需要一个过程，而不是办一个培训班就可以解决问题的，不可能一蹴而就，一步到位，立马见效。熊维政容许员工犯错误，但不容许一个员工第二次犯同样的错误。有的企业缺少的正是这样一种心态：做一件事，应该脚踏实地，一步一个脚印，而不能急功近利。就像创造名牌产品，打造知名企业，很少有企业在做品牌时一开始就有这样的认识和心态，似乎做了一段时间，投了那么多的钱，品牌知名度还没达到一定高度，就急不可待，而做出来一定知名度的，往往又是过不了多长时间，就又踪影全无了。企业执行力也是一样，这是做人的工作，每个人的水平、性格和觉悟等都参差不齐，需要较长的时间和较长的过程去培养和历练。

　　加强执行力建设，需要规章制度作保证。作为企业董事长，熊维政带头抓执行，带头抓精细化管理，以达到上行下效之目的。在强力推行严格科学的制度管理时，时刻也没有忘记人性化管理。他是个人情味很浓的企业家，冷酷不是他的特色。他一直希望把企业变成家庭，变成学校，变成同甘共苦相濡以沫的战斗集体。他结合羚锐集团现状，有效地在组织设置、人员配备及操作流程上进行整合，在目标上设定标准，在落实上有效监督，将企业整合成为一个安全、有效、可控的整体，并利用规章制度减少管理漏洞，形成了羚锐集团执行力的整体风格和氛围，最终使整个企业和人员都具备这种能力。因此，羚锐集团的全员执行力和团队凝聚力不断得到有效的提高。

　　人之所以有优秀与一般的区别，在于优秀者的执行力更强，更愿意出"笨力"，而不是更有思想；企业亦如此，一个优秀的企业在与其他企业做着同样的事情，只是比别人做得好，落实更到位，执行更有效果。熊维政一贯强调："立即、马上、现在就做。"在执行中修正偏差，而不是把所有的步骤都想好了安排好了，再去做。很多机会稍纵即逝，等想好了安排好了的时候，机会就失去了。

羚锐今天的成功，全是干出来的。熊维政说，人的一生，不过是一个匆匆过客。生命对于人只有一次，我认为在我有生之年，如果能在人世间留下一些可称为痕迹的东西，能为人类做出点贡献，那么，不论将来的结局如何，我便死而无憾。所以，他做任何事情，不是凭一时的激情和狂热，而是锲而不舍，持之以恒地执行下去。他的执行力风范影响着其他高管和全体员工，形成了羚锐集团的整体执行力风格和特色。

企业成功等于5%的战略加15%的执行。没有执行力，一切等于空谈。若不解决企业执行力问题，就无企业核心竞争力可言。因此，打造团队的执行力是当前企业发展必修课程。

如何打造企业执行力，熊维政在他的笔记本上写道，提高企业执行力要做好五个方面。一是沟通。沟通是前提。有好的理解力，才会有好的执行力。好的沟通是成功的一半。通过沟通，群策群力，集思广益，可以在执行中分清战略的条条框框，适合的才是最好的。通过自上而下的合力达到企业执行顺畅。二是协调。协调是手段。协调内部资源。好的执行往往需要一个公司至少80%的资源投入，而那些执行效率不高的公司资源投入甚至不到20%，中间的60%就是差距，这些不仅仅只是在书面上显示的。一块石头在平地上只是一个死物，而从悬崖上掉下时，可以爆发强大的动能，这就是集势。把资源协调在战略上，从上到下一个方向，能达到事半功倍的效果。三是反馈。反馈是保障。执行的好坏要经过反馈来得知。通过市场被动反馈或者市场主动调研，得到具体而细致的数据，我们又从数据形成的曲线中了解产品销售走势或者市场占有率等情况，以趋利避害。四是责任。责任是关键。企业的战略应该通过绩效考核来实现，而不仅仅是从单纯的道德层面来约束，在客观上形成公开透明的奖惩制度，才不会使执行做无用功。HR（人力资源）中目标责任书利用 KPI（关键业绩指标）来管理执行力，责任书中明确了当事人责任，即从主要业绩，行为态度，工作能力等主客观方面来评价个体执行能力。具体奖惩措施有：奖金、工资调整、轮岗、评选优秀、储备人才培养，等等。同时，实行一定比率淘汰制。用大棒加胡萝卜来增强员工的敬业精神，来更好地管理执行力。五是决心。决心是基石。狐疑犹豫，终必有悔，顾小忘大，后必有害。专注，坚持这种人生信条同样也适用于管理执行这个方面。

　　成功就像一扇门，如果我们已经找到"战略"这把合适的钥匙，那么，现在我们则需要把钥匙插进去，朝正确的方向旋转把门打开。

　　"敬业是执行力强的一种重要表现。员工有较强的执行力，能把事情做好，加之有敬业精神则能把事情做精。要打造羚锐百年品牌，百年企业，员工队伍不仅要有强的执行力，而且还要有高度的敬业精神。只有这样，才能锻造出专业执着，精益求精的羚锐工匠，做羚锐膏药之王。"熊维政坚定地说。

　　所谓敬业，就是要尊重自己的工作，满腔热情地投入其中，对工作尽职尽责。敬业包括的内容：专业执着，精益求精；今天的事不推到明天，自己的事不推给别人；专注工作，做正确的事情；在工作中以较小的投入获得高效产出；以专业的态度，平常的心态对待每一件事；坚持学习，不断提升，今天的最好表现是明天最低的要求。如果一个员工能这样对待工作，那么他一定会成为一名优秀的员工；如果所有的员工都这样对待工作，那么这家企业一定会成为优秀的企业。

　　员工敬业程度是公司顺利发展的保证。如果员工工作拖拖沓沓、做事漫不经心，遇到问题推卸责任，等等，这些不良因素最终都会在公司的生产、销售和服务中表现出来。比如，销售员为难客户，技术员粗心大意，管理员推卸任务，这个公司即使有最优秀的生产能力，又有什么用呢？正如售货员对顾客的态度爱搭不理，商店装修得再富丽堂皇又有什么用呢？

　　相反，如果员工仿佛充足了电，动力十足，能全身心地投入到对客户的服务中，那么，企业必将一往无前。每个员工都热爱自己的工作，和客户相处得其乐融融，关心呵护每一位客户，一家企业如果保持这样的景象，这样的氛围，企业的竞争对手恐怕只能望洋兴叹了。

铁打的营盘流水的兵。一个企业的员工不可能一成不变，有些年轻人常常是一上班就开始抱怨这也不对，那也不好，真没意思。既然没意思，为什么不辞职呢？你可以辞职然后到又对又好的单位去嘛，这说到底就是不热爱自己的工作，没有敬业精神。

在企业不断发展壮大过程中，羚锐的员工队伍也在不断地发展壮大，在现代思想多元化的时代，招揽高度敬业精神的员工已经不是一件容易的事情。因此，羚锐在招收员工时，对招收对象是否讲诚信，是否具有敬业精神，能否融入羚锐的企业文化，能否接受羚锐的使命感和价值观，是对新进人员的主要考核内容。至于业务能力，可以通过培训学习，不断在工作实践中锻炼提高。

员工有较强的执行力和高度的敬业精神，工作起来并非是痛苦的。"没有笑脸的公司是痛苦的。在工作中体味快乐，在奋斗中品尝快乐，在拼搏中实现快乐。快乐也要工作，不快乐同样也要工作，为什么不选择快乐地工作呢？"熊维政笑着说。

羚锐集团无疑是一个推崇个性、崇尚快乐工作的企业。董事长熊维政是个快乐率真之人。上学的时候，他就很快乐，喜欢唱歌、打球。从担任羚羊山制药厂厂长的那一天起，他就十分注重营造快乐工作的氛围。他说："做企业当然要赚钱，不赚钱，企业就会倒闭，就什么也谈不上，但赚钱不是做企业的全部。让所有员工在企业里快乐地工作，快乐地成长；让客户得到满意的服务，让社会感知我们羚锐存在的价值，我们的社会责任感渗透于社会之中，这样我们才能得到社会的好评，才能得到社会的回报，那样我们就会越来越快乐了。"

在熊维政心目中，员工工作的目的首先不是为了得到一份自己满意的薪水，应该是一个好的工作环境和氛围，一份让自己快乐的工作。其次才是自己满意的薪水。企业最大的财富就是员工，不让员工快乐地工作就是对企业不负责任。员工把工作当成负担，每天愁眉苦脸，像苦行僧一样，在这种氛围下，像流行病一样，每个人都会被传染，这个企业还有生机吗？这样的企业还有前途吗？所以，熊维政每天都笑容可掬，是个快乐的因子，见了员工不是首先就问工作做得怎么样，而是挥手问好，"今天你快乐吗？"在工作之外，熊维政总喜欢开玩笑，讲一些有趣的故事，惹得员工哄堂大笑。他把自己的微信取名叫"快乐"，把集团的微信群取名叫"快乐幸福群"。集团每一位员工，因为他的快乐而快乐，集团整个群体，真正成为快乐幸福的团队。

"激情是执行力的翅膀。"熊维政很有激情地说。对企业管理者来说，你的员工必须有激情，这一点非常重要。顺境的时候，看不出激情的重要性，但在遭遇逆境时，激情就是不可或缺的东西，员工们没有激情，就很难逆风而上。激情包括的内容：乐观向上，永不言弃；对公司、工作和同事充满热爱；以积极的心态面对困难和挫折，不屈不挠；不断自我加油，自我完善，寻找突破口；不计得失，全身心投入；始终以乐观主义精神影响同事和整个团队。

作为一家企业，要使自己的员工富有激情，熊维政认为需要满足四点要求。一是领导者自己必须充满激情和富有人格魅力。一个没有激情的企业领导者，不可能带出富有激情的员工，这是不言而喻的。领导者的人格魅力最为重要。二是富有激情的企业文化。优秀的企业文化对员工有强烈的影响力和感召力，能够提高员工的幸福指数、释放员工的情感、提升员工的情操，能增强员工的职业责任感和自豪感。因此，要用企业奋斗可及的共同愿景、科学合理的激励机制、充满挑战的任务和公平合理的机会激发员工的工作激情和旺盛的斗志。三是要有富有激情的团队。一个充满激情的团队能够影响和感染团队中的每一个成员，尤其是新进的员工，进而激发和提升整个团队的战斗力。四是要有清晰远大的企业奋斗目标。能够成就一番事业也是激发员工激情的一个重要因素，这不仅需要明确的发展前景、通畅的发展通道，而且需要相应的扶持和激励。

熊维政是个激情四射的人，他的激情近似疯狂。他时刻保持着旺盛的斗志，随时准备去战斗。有人说他整天像是打了鸡血。他的激情不是短暂的兴奋，而是一种永恒的持久。他带出的员工都像他一样，执行力强、敬业、乐观向上、富有激情。短暂的激情只能带来浮躁和不切合实际的期望，它不能形成巨大的能量；而永恒持久的激情会形成互动、对撞，产生更强大的激情氛围，从而造就一个充满活力与希望的团队。

　　一个有追求的人会不断地唤醒自己的激情，并用自己的激情去影响自己身边的人。熊维政永不言败，永不放弃。他说的话让人振奋，没有希望的东西在他看来也充满生机，他用他的言行，不断唤醒他身边的人工作和生活的激情。这不仅对公司而言，更是对每位员工而言，是对自己人生和职业生涯的一种态度。

　　如果是短暂的激情，来得快去得快，跟一阵风似的。潮起潮落，你可以去做一个短暂的项目，如果做企业，注定会失败。做企业需要永恒持久的激情和动力，唯有如此，才能淬火成钢，锻造出百年企业和品牌。

文化是企业成长的血脉

熊维政说，他小时候生长在农村，那时候，没有电灯照明。农村的夜晚，漆黑一团，毫无方向感可言，有种令人生畏的孤独感。忽然，在漆黑的夜晚，亮起一盏灯。惊喜之余，昏黄柔弱的灯光一下子温暖了人心。顷刻间，孤独感散去，行走有了前进的方向。这种感觉在他的心中印象深刻，一直挥之不去。

灯光照亮人心，不再让灵魂无处安放。文化如同企业之灯，照亮企业的前进方向。一个有文化指引和滋养的企业，一定是一个有发展前途的企业，一定不会在黑暗中莽撞前进的企业。

"企业运营无非是战略和执行，战略和执行都是靠人、靠团队来完成的。所以，打造一个杰出的团队才是企业的核心问题。而打造勇往直前、战无不胜的团队，最高级最有效的方法莫过于通过优秀的企业文化来塑造。"熊维政说。

所谓企业文化，是企业长期生产、经营、建设、发展过程中所形成的管理思想、管理方式、管理理论、群体意识以及与之相适应的思维方式和行为规范的总和。是企业领导层提倡、上下共同遵守的文化传统和不断革新的一套行为方式，它体现为企业价值观、经营理念和行为规范，渗透于企业的各个领域。其核心内容是企业价值观、企业精神、企业经营理念的培育，是企业职工思想道德风貌的提高。通过企业文化的建设实施，使企业人文素质得以优化，归根结底是推进企业竞争力的提高，促进企业经济效益的增长。

企业文化对形成企业内部凝聚力和外部竞争力所起到的积极作用，越来越受到企业领导者的重视。企业竞争，实质是企业文化的竞争。面临全球经济一体化的新挑战和新机遇，企业应不失时机地搞好企业文化建设，从实际出发，制定相应的行动规划和实施步骤，同时，虚心学习优秀企业文化的经验，并做到努力开拓创新。

企业文化建设是一项系统工程，是现代企业发展必不可少的竞争法宝。一个没有企业文化的企业是没有前途的企业，一个没有信念的企业是没有希望的企业。从这个意义上说，企业文化建设既是企业在市场经济条件下生存发展的内在需要，又是实现管理现代化的重要方面。为此，应从建立现代企业发展的实际出发，树立科学发展观，讲究经营之道，培养企业精神，塑造企业形象，优化企业内外环境，全力打造具有自身特色的企业文化，为企业快速发展提供不竭的动力和根本的保证。

羚锐公司在创立伊始，熊维政就提出了"诚信立业、造福人类"的经营理念。他说："制药行业是个特殊的行业，做药先做人，做人讲诚信，诚信如黑暗中的灯塔，照亮和指引所有员工的思想。药品质量归根到底是做人的质量，要把诚信融入所有员工的血脉之中，做好药，做老百姓放心药，让老百姓少吃药，吃好药，形成羚锐公司独特的企业文化内涵。"

"得人心者得天下，得人先得心，治人先治心。"熊维政信奉的管理理念是坚持用文化理念统一人心。"如果没有共同的目标、共同的使命感、共同的价值观，员工就犹如在漆黑的夜晚，不知道朝什么方向走。大家的目标统一了，心里有一盏明灯，力量才会朝一个方向汇集。"

羚锐公司大气独特的企业经营理念统领着员工心往一处想、劲往一处使，在创业中迸发出无穷的动力，产生了羚锐公司"团结、进取、创新、奉献"的企业精神。羚锐精神与大别山精神一脉相承，充分体现了革命老区人民为祖国为人民披肝沥胆、奋勇拼搏、敢于担当的情怀。

文化治心塑魂。作为一个企业领导，熊维政讲得最多的应该是企业的使命感和价值观。企业文化就像吸铁石一样，能把各路的大小"诸侯"和各方"神圣"都吸引在一起，他们发挥着各自的十八般武艺，为自己的企业贡献力量。

一个企业能不能快速发展，能不能走得更远，关键要看企业领导人的志向有多高、抱负有多大。正是熊维政的远见卓识，才有了羚锐辉煌的业绩和充满朝气的今天。他说："企业文化是企业的灵魂，没有自己独特的企业文化，企业就不会有强大的精神支柱，没有强大精神支柱的企业，就不会创造更多的物质财富和精神财富，也不会承担起更多的社会责任。这样的企业就不可能走得更远。羚锐企业文化的核心就是诚信。羚锐企业文化所追求的不是那些概念和表象的东西，而是诚信立业的精神实质。"熊维政认为，一个品牌，只有拥有丰富而深厚的文化内涵，有了至真至诚至爱的企业精神，再经过几代人几十年甚至上百年的共同努力，才能被消费者认可，在消费者心中扎根，这个企业才能成为百年老店。公司的人可以老去，领导者可以一代接一代地替换，但这个企业的文化必须传承下去，一代代传下去，一代代在不断地创新中传下去。

当今时代，许多企业都不是单纯地生产和销售产品，在卖产品的同时还卖文化，把企业的价值观、企业哲学、企业精神、企业道德、企业形象、企业制度和文化结构等推销出去。企业只有成功地推销出这些优秀的精神产品，才能创造更多的财富。只有不断学习，不断创新，企业才会拥有生存发展的空间。只有拥有属于自己独特的企业文化，企业才会有个性。只有坚持企业文化自信，企业才会自信、健康地发展。

管理就是管理人，管人首先管思想，带作风。观念左右思想，思想决定行为，行为导致结果。所以人的观念和思想才是管理的关键，而企业文化正是通过改变观念，统一思想来为企业管理打下坚实的基础。熊维政致力打造和丰富员工喜闻乐见的企业文化平台和载体，营造浓厚的企业文化氛围。

以奋进口号激励员工。每周一早晨，在羚锐集团总部院内，准时出操，然后举行升国旗仪式，总部全体员工列队，面对冉冉升起的国旗，全体员工在带班领导的率领下，重温"二次创业"的誓词：我是羚锐人，我们加倍珍惜自己的工作，自尊自爱，团结奉献，二次创业，再铸辉煌。以在变革中转型、在创新中发展的工作思路，以抓住关键、聚焦营销、做出亮点为工作重点，统一全体员工的思想，激发全体员工打赢"二次创业"攻坚战的斗志。

以先进典型鞭策员工。深入开展"一个支部一面旗、一个党员一盏灯"等特色鲜明、务实管用的"红旗党支部""党员示范岗"以及"优秀团员"评选活动，充分发挥党团员模范带头作用，号召员工向模范党团员看齐；定期评选"创新之星""销售之星""三八红旗手"活动；开展"我为羚锐二次创业献计献策""艰苦奋斗、节约增效""羚锐为我搭舞台、我为羚锐作奉献""讲团结、讲奉献、比业绩、共进步、促发展""提振士气，再造我们的荣誉"等争先创优专题活动，树立先进典型。通过典型带动作用，促进和鞭策员工爱岗敬业，不甘于平庸，在自己的工作舞台上有所作为。真正形成"企兴我荣、企衰我耻"的观念；每年年终开展"模范家庭"评选活动，号召员工向他们学习，为创业营造稳定和睦的家庭环境。2001年7月，羚锐公司党委被中组部授予"全国先进基层党组织"光荣称号。

以动人故事鼓舞员工。创业艰难，熊维政和所有的员工都有深刻的体会。创业之初的艰难，上市中途的辛酸泪、自己动手搬运机器的人拉肩扛、营销将士在自己岗位上献出宝贵的生命……每个故事催人泪下，感人至深，让员工心灵受到洗礼，灵魂受到震撼。鼓舞员工无论顺境逆境，都要始终践行羚锐的价值观，用优秀的文化思想武装头脑，藐视困难，无所畏惧，始终保持一身正气；鼓舞员工善于在逆境中捕捉机遇，撸起袖子，瞄准宏伟的愿景，始终保持昂扬向上的士气；鼓舞员工摒弃小富即安、固步自封、不思进取的暮气，始终保持激情充沛、光芒万丈、开拓创新蓬勃向上的朝气。

以参观学习教育员工。新县是将军的故乡、红军的摇篮。这里有厚重的革命历史，有无数动人的革命历史故事，他们为革命坚定理想信念，百折不回，不怕流血牺牲，为人民打下江山。羚锐集团利用新县独有的红色资源优势，加强革命传统教育。组织员工参观鄂豫皖首府革命纪念馆、鄂豫皖分局旧址；每年清明节祭扫鄂豫皖革命烈士陵园、许世友将军墓等，并分批组织员工赴井冈山参观学习。革命先烈在那么艰苦的条件下开创伟业，立下不朽功勋，他们的革命故事和铮铮誓言，教育激励着羚锐员工继承先烈遗志，始终保持与时俱进、奋发有为的精神状态，坚定"革命先烈能打下江山，我们一定能办好企业"的信念，同心同德、群策群力，让羚锐制药屹立于大别山之上，为老区人民增光添彩。此外，羚锐集团还先后组织了38名部门负责人到信阳新世纪大讲堂参加"团队组织建设"的培训讲座；组织了8名事业部及部门骨干参加了信阳新世纪大讲堂组织的"企业文化建设"的培训讲座；还利用五一假期组织优秀员工到天台山拓展基地参加拓展训练，陶冶员工情操。

以文体活动凝聚员工。羚锐集团每年都组织庆"三八"妇女节知识竞赛、庆"七一"建党节知识竞赛、"心中有话向党说"演讲比赛、辞旧迎新联欢晚会；组织代表队参加了河南省总工会，河南省电视台主办的安全知识竞赛；派代表参加了中央电视台、河南电视台、湖北电视台的赈灾义演晚会；与信阳空军一航院共同举办了"军民共建联欢晚会"等联谊活动；组建了羚锐青年合唱团，组织团员青年演唱健康向上的歌曲，弘扬主旋律；多次组织员工乒乓球和篮球擂台赛、对抗赛；举办"和谐羚锐、祝福祖国"大型文艺演出活动以及登山、拔河比赛和羚锐集团首届运动会等一系列活动。树立员工信心，增长员工知识，陶冶员工情操，丰富员工文化生活，使团队的凝聚力和战斗力进一步加强，荣誉感进一步提升，企业文化进一步升华。

以报刊网站影响员工。企业报刊是企业文化建设的重要组成部分，也是企业文化的重要载体。企业报刊是向企业内部及外部所有与企业相关的公众和顾客宣传企业的窗口。羚锐集团为了把思想政治工作纳入公司的生产经营活动，推动企业文化建设、文化交流，树立羚锐集团形象，创办了企业报刊《羚锐人》。羚锐集团还建立了内网宣传栏，每台电脑都能进入查阅；建立了羚锐网站，开辟了"羚锐论坛在线沟通"专栏，网站有专人负责管理，随时进行更新。利用"一刊一栏一网站"的平台，羚锐集团开展了"羚锐杯"许世友诞辰一百周年全国书法名家邀请赛；建国六十周年前夕，集团成功举行摄影比赛；"我与羚锐"有奖征文；羚锐文学协会组织了文学笔会天台山采风活动等。赏心悦目的书法摄影作品、抒发情怀的散文随笔等作品，在"一刊一栏一网站"刊发，培养了员工主人公意识，增强了员工的成就感和归属感，烘托了企业文化氛围。此外，羚锐集团还组织力量编纂了反映企业成长历程的书籍《成长的足音》《羚之锐》和《羚之美》；重新拍摄了羚锐集团立足大别山区，成为老区企业楷模的专题片《崛起的羚锐》；重新修订了公司画册等。

以公司历史感召员工。羚锐集团在集团总部建立了羚锐发展陈列室。陈列室内容丰富全面，展出了羚锐制药从初创到发展壮大的光辉历程；在新县透皮贴剂生产基地建立了全国第一家膏药博物馆。博物馆展出了羚锐膏药从原始制作到现代化制作的全部过程；展出了膏药内病外治的强大功效；展出了我国及世界膏药品牌和样品。在公司新进人员培训时，在公司节日、重大活动时，都要组织员工参观陈列室和博物馆，让员工了解创业的艰辛，珍惜来之不易的工作，激励他们艰苦奋斗，开拓创新，发挥自己的聪明才智，为打造中国乃至世界膏药大王而建功立业。

文化的灯塔照亮企业前进的方向，文化的滋养使企业不断成长壮大。是文化推动羚锐集团从一个胜利走向另一个胜利。熊维政说："文化的力量是无穷的，企业做到最后就是做文化，产品卖到最后就是卖文化，没有文化血脉的滋养，企业就失去了原动力，最后一定走向枯萎、死亡。羚锐集团长期以来形成的优秀文化，包括诚信做人、公平公正、无私奉献、创新进取、顽强拼搏、严格管理、重视质量，等等。这些优秀的文化基因，是羚锐最宝贵的精神财富，是羚锐过去取得成功的重要因素，也是未来继续发展所必须的精神支柱。只有继续保持弘扬羚锐这样独特的优秀的传统的企业文化，才能保证公司的健康发展。"熊维政接着说，"企业文化并非一成不变，也要紧跟时代发展的潮流。羚锐集团在弘扬企业文化主旋律的同时，要不断创新企业文化主题，不断创新企业文化的平台和载体，进一步唤起员工激情，凝聚员工力量，促进企业效益提高，增强企业核心竞争力，这将是我们今后工作的一项重要任务。"

第七章

扶贫济困

爱人者人恒爱之，敬人者人恒敬之。

第十章

共食花园

熊维政真心喜欢"父老乡亲"这首歌——

我生在一个小山村
那里有我的父老乡亲
胡子里长满故事
憨笑中埋着乡音
一声声喊我乳名
一声声喊我乳名
多少亲昵
多少疼爱
多少开心
啊 父老乡亲
啊 父老乡亲
我勤劳善良的父老乡亲
啊 父老乡亲
啊 父老乡亲
树高千尺也忘不了根

　　熊维政没有忘记这片养育自己的土地,他的心里一直装着大别山区,装着家乡的父老乡亲。他在不同场合反复动情地说:"羚锐公司的成长壮大,每一步都离不开新县父老乡亲的扶持和关爱,羚锐是新县老区人民的羚锐,是大别山区的羚锐。企业发展壮大起来,我们要主动发力,主动承担社会责任。树高千尺也不能忘了根。"

　　富而思源。羚锐公司是国家科技扶贫企业。在各级领导的关心下,在新县人民的支持下,在全体羚锐员工的共同奋斗下,由一家作坊式的小厂逐渐成长为国家高新技术企业,成为鄂豫皖革命老区和全国外用贴膏剂药业中首家上市企业。伴随着羚锐公司的不断发展,熊维政始终没有忘记"感恩老区、回馈人民"的责任,他以助推老区经济建设为己任,以羚锐集团为依托,以大别山良好的自然资源为条件,致力发展绿色生态经济,打造绿色生态产业链,为老区农民提供在自家门口的就业机会,增加农民收入,帮助农民脱贫致富奔小康。

种植中药材，开扶贫之花

据中国中医科学院中药研究所统计，全国中药资源可分为药用植物、药用动物和药用矿物三种，分别有 1.1 万余种、1500 余种和 80 种；按使用情况可分为中药材、民族药和民间药三种，分别有 1200 多种、4000 多种和 7000 多种。近 20 年来，我国中药材产业发展迅速，年平均增长速度达 20% 以上，年销售额已突破 800 亿美元。全国中药材人工种植品种达 300 多种，建立中药材种植场 5000 多个，中药材种植面积达 1500 多万亩，年产量近 400 万吨。中药材规范化种植和 GAP（中药材生产质量管理规范）基地建设有 200 多家企业。中药生产企业 1000 多家，生产中药的西药企业 2000 多家。

大别山地区包括鄂豫皖三省五市（信阳、孝感、黄冈、六安、安庆）四十五个县（市、区），总面积近八万平方公里。大别山中药材资源丰富，据羚锐公司编著的《大别山药物志略》记载，大别山地区分布的药用动、植、矿物等物种共 1400 多种，其中药用动物 150 多种，药用植物 1200 多种、药用矿物 8 种，其他类 25 种。中药材种植总面积 130 多万亩，产量 29 万多吨。生产加工企业较为出名的有河南羚锐制药、回音壁安徽制药等 30 余家，年产值 70 亿元。仅黄冈市、信阳市两市年加工中药材就达 5 万吨以上。形成了麻城福田菊，罗田、英山茯苓，团风射干，蕲春蕲艾，孝南黄栀子，霍山石斛，六安漫水河百合，金寨天麻，舒城半夏，安庆怀宁辛夷、黄柏，岳西茯苓、天麻、断血流，潜山潜厚朴、瓜蒌、金银花，淮滨猫爪等中药品牌的规范化、集约化种植。

中华人民共和国成立以来中医药工业增长了数十倍，人民对医药医疗保健的需求大幅度上升，中药材的野生资源濒于枯竭。在此形势下，各职能部门、中医药界人士达成共识，大型中药企业纷纷建立了自己的中药材种植和养殖基地，国家为保障中医药"大企业、大品种、大市场"，对100种大宗和濒危稀缺中药材基地建设实施扶持政策，有力促进了全国中药材种养业发展，缓解了中药材原材料紧张的压力。但是，野生资源仍然在发生着变化，目前靠野生资源满足市场的中药材，也将依靠种植弥补供需矛盾。因此，中药材种植发展的空间还会越来越大。

中医药具有成分多样、疗效确切、毒性低、副作用小等特点，在治疗、康复保健和提高人体免疫能力方面有独特的优势。据世界卫生组织统计，采用中医药的人数日益增加，全世界有40多亿人口使用或接受过中医药治病和保健，世界各地以中药材为原料的保健滋补品、化妆品、香料等消费市场逐年扩大，天然药物市场年均增长20%以上。近年来，由于全球健康经济时代来临，天然、绿色理念深入人心，民众收入水平提高，国内有效需求稳步增长，医保体系的不断完善，对西药抗菌素的限量使用等影响，国内中药材产业发展呈现种植升温、产量上升、野生药材持续走强、药食兼用和滋补保健类需求增加的局面。

"三农"改革，土地流转政策为建设企业化、规范化、规模化中药材种植和养殖基地提供了机遇。国家出台"关于加快发展现代农业进一步增强农村发展活力的若干意见"，其中一项重要内容是"鼓励和引导城市工商资本到农村发展适合企业化经营的种养业。增加扶持农业产业化资金，支持龙头企业建设原料基地、节能减排、培育品牌"。熊维政按照国家中医管理局关于进行企业化、规范化、规模化发展中药材种养基地建设的要求，利用大别山优越的自然条件，坚持科学发展观，提出"抓龙头、建基地、创品牌、兴产业"的发展思路，计划分期建设中药材示范种植基地和大别山羚锐中药生态科技园。一期计划利用五年时间建设中药材种植基地。

羚锐公司从2000年始尝试以"公司＋农户＋基地"的产业化模式，发展银杏、颠茄草、小尖椒等中药材种植，为中药材种植积累了一些经验。

羚锐中药材种植示范基地，一期流转农民的土地一万亩，通过土地流转和连片改造，全部运用 GAP（中药材生产质量管理规范）规范种植，采取五个结合形式自营管理，即：商品药材种植与种苗培育相结合；种植、养殖、种苗培育与中药材商贸相结合；自身发展与示范带动相结合；成熟技术种养与教学科研相结合；种植养殖与开发利用相结合。为大别山中药材种植业发展提供技术服务和示范带动作用。

羚锐中药材种植有力促进农业经济结构性调整，使农业结构更加趋于合理，打造区域优势产业，通过科学研究和技术创新，培训农民中药材种植技术，改变和提高农民技术素质和文化素质，为农民创造新的工作岗位，使之变成产业工人，缓解了就业压力。种中药材收益是种粮收益的 1.5 至 3 倍，为农民创造增收的机会。

熊维政自信地说："未来力争用五至八年的时间，完成大别山羚锐中药生态科技园的中药材种植、养殖，种苗基地和其他配套项目的全面建设，进一步增强农村发展活力。"

开发山茶油，结脱贫之果

羚锐集团倾力打造山茶油种植、生产和销售产业链条，全力促进我国木本油料产业发展，保护我国食用油安全，积极推动大别山老区贫困人口脱贫致富。

山茶油是我国最古老的木本食用植物油之一。我国是世界上山茶科植物分布最广的国家，是世界上最大的茶油生产基地。山茶树是我国特有的油料树种，栽培历史有 2300 年以上。除此之外，只有东南亚、日本等国家有极少量的分布。茶油不含芥酸、胆固醇、黄曲霉素等对人体有害物质，其色泽金黄或浅黄，品质纯净，澄清透明，气味清香，味道纯正，为我国政府提倡推广的纯天然木本食用植物油，是国际粮农组织首推的卫生保健植物食用油。

明朝医药学家李时珍在《本草纲目》中提到茶油的食疗作用："茶籽，苦寒香毒，主治喘急咳嗽，去痰垢。"关于茶油的食疗作用，其他古籍中也多有记载，《纲目拾遗》记载："茶油可以治疗痔疮，退湿热。"《农居饮食谱》记载："茶油烹调肴馔，日用皆宜，蒸熟食之，泽发生光，诸油惟此最为轻清，故诸病不忌。"

中国疾病预防控制中心营养与食品安全所对茶油和橄榄油进行对比研究表明，茶油与橄榄油的成分尽管有相似之处，但茶油的食疗双重功能实际上优于橄榄油，也优于其他任何油脂。橄榄油含不饱和脂肪酸达75% 至 90%，茶油中的不饱和脂肪酸则高达 85% 至 97%，为各种食用油之冠。茶油中含有橄榄油所没有的特定生理活性物质茶多酚和山茶甙，能有效改善心脑血管疾病、降低胆固醇和空腹血糖、抑止甘油三脂的升高，对抑制癌细胞也有明显的功效。

茶油的分子结构比橄榄油还要细，所以使用时不用担心副作用、有油腻。多年前，德国的《妇女》双周刊曾以《茶树油的秘密》为题刊登了澳大利亚人用茶油防治感冒、支气管炎、嗓子痛、扭伤、割伤、毒虫叮咬引起的疮或疮疹等诸多病症，把茶油说成了"灵丹妙药"。虽然同为食用油市场上的高端油种，但与橄榄油比较，茶油价格上的优势更明显。

新县地处北纬 31.3 度，位于秦岭—淮河一线，属南北气候过渡带，四季分明，雨水充沛，光照充足，山茶树种植历史悠久，有着丰富的山茶油资源，十分适宜山茶油产业发展。目前全县种植面积近 30 万亩，其中：天然有机油茶林近 20 万亩，新品高产油茶林十万亩。根据《全国油茶产业发展规划（2009-2020 年）》，新县被确定为全国油茶产业规划"三带、九区"中适宜油茶产业发展的重点县之一，是全国首批一百个油茶产业发展重点县之一，也是全国油用牡丹试点区和高产分布区（河南省油用牡丹产业发展列入全国试点）。以新县为中心的大别山区油茶种植面积近 220 万亩，其中：河南省的新县、光山、商城油茶种植面积近 75 万亩；安徽省的金寨、六安、霍山油茶种植面积近 70 万亩；湖北省的麻城、红安、大悟油茶种植面积近 73 万亩，年产油茶籽量可达 12 万吨，木本油料资源市场发展前景广阔。

茶油的生产集生态效益、经济效益和社会效益于一身，对于推进山区综合开发、保护粮食耕地、维护国家粮油安全、促进农民就业增收、改善人民健康状况、加快国土绿化进程都具有十分重要的作用。2009 年国务院出台《全国油茶产业发展规划（2009-2020 年）》提出，把油茶产业培育成兴林富民的支柱产业。

"国家粮油安全形势不容乐观，外资油脂企业已基本垄断了我国食用油市场，股权、定价权均被外方控制。然而国际市场变幻莫测，只有自力更生，大力生产自己的油，方能确保我们国家粮油安全。"熊维政说，"山茶油，是我们中国人所独有的食用油，可是我们没有把它发掘好、利用好。大别山漫山遍野生长着纯天然的山茶树，食用山茶油在大别山区已有悠久的历史。但在茶油加工上则是分散式小规模的加工作坊，生产出的山茶油品质相对较低，价格也相对低廉。我们羚锐集团应以时不我待的责任感大力发展大别山的山茶油事业，把山茶油自然资源整合好，形成一个巨大的产业，推动农民脱贫致富。"

在熊维政的强力推动下，2012年，羚锐集团成立了绿达山茶油股份有限公司，2016年又成立了绿达山茶油资源发展有限公司和绿达山茶油农民专业合作社。公司采取"公司+油茶专业合作社+基地+农户"经营模式，整合新县及大别山区的山茶油资源，打造绿色健康、原生态的野生山茶油资源知名企业和国家级龙头企业，从而发挥企业在精准扶贫攻坚中的重要作用，最终达到羚锐集团增效、老区农民增收的目的。

目前，绿达山茶油资源发展有限公司已将新县周河乡近十万亩的天然有机茶园流转到绿达山茶油农民专业合作社。计划总投资50亿元，到2030年将木本油料生态种植基地发展到100万亩（其中：新种丰产高标准油茶种植基地50万亩，天然有机油茶林低改基地及生态观光园20万亩，油用牡丹种植基地20万亩、核桃种植基地10万亩），油茶、油用牡丹及核桃良种培育基地200亩。

回首过去，放眼未来，熊维政将"感恩"二字深深融入自己的血脉之中，和企业发展如影相随的是他感恩老区人民，他要反哺社会，回报家乡父老乡亲。羚锐集团在做实做精产业，做强做大品牌的同时，坚持不遗余力地支持地方经济建设，始终传递出"羚锐是社会的，是老区人民的"这样一个强有力的声音。熊维政毫不动摇地坚持以羚锐集团为龙头，带动家乡走农业产业化道路，倾心尽力发展中药材种植、茶产业的种植和深加工、山茶树的种植与茶油的生产，等等。着力打造优势产业集群，引导农民改变思想观念，逐步走农业产业化道路，成为农业产业化的新型农民。

羚锐集团在行业内建立左右侧互补、上下游延伸的经营格局，推进区域新型工业化建设，拉动当地城建、房地产、邮政、电信、旅游、餐饮等相关行业的发展。羚锐集团直接安置大批下岗职工、农民工等富余劳动力就业，达到"一人进厂，全家脱贫"的目的，间接促进了成千上万的富余劳动力实现就业转移，维护了社会稳定。2014年，羚锐集团被河南省政府授予"河南省农业产业化龙头企业"光荣称号。

研发养生红茶，提致富之神

唐代茶圣陆羽所著的《茶经》，把信阳列为全国八大产茶区之一。宋代大文学家苏东坡尝遍名茶而挥毫赞道："淮南茶，信阳第一。"

信阳是名茶的故乡，茶是信阳的象征，信阳毛尖以优良的品质享誉海内外，屡获国内外殊荣。

改革开放以来，地方政府将信阳毛尖作为信阳特产重点扶持，投入大量资金、人力进行技术创新和新品种研发，开发出了金刚碧绿、龙山碧芽等一系列形美质优的新品种。随着人民生活水平的提高，信阳毛尖不仅走俏国内，在国际上也享有盛誉，远销日本、美国、德国、马来西亚、新加坡等20多个国家和地区。

从2010年开始，信阳茶叶在绿茶品种信阳毛尖之外，又增添了新品种"信阳红"。2009年，河南省委书记到信阳视察时，指出信阳要加大夏秋茶采摘力度，尝试开发新的茶叶产品，增加农民收入，可以开发信阳红茶加工。在信阳市委、市政府的大力扶持下，信阳红茶红遍全国，已开始成为信阳市的一个新的支柱产业和经济增长点。

羚锐集团为促进茶农就业和增收，根据"河南省2011—2020年茶产业发展规划"和"信阳市委、市政府关于做大做强茶产业的意见"，公司制定了"十二五"发展规划和发展目标，明确了将养生信阳红茶产业作为羚锐集团未来五至十年发展的战略重点。2012年，羚锐集团和福建武夷山国家级自然保护区正山堂茶业有限公司强强联合，成立了河南羚锐正山堂养生茶股份有限公司，共同研发推出"羚锐正山堂养生信阳红茶"，为信阳红茶增添又一个新品牌，助推信阳做强做大茶产业。

"正山堂"品牌由正山小种红茶第二十四代传人——江元勋先生创建,历史悠久,品质卓越,传承四百年红茶技艺,秉承武夷山千年人文精神,是当今国内红茶的高端品牌之一。"羚锐"是中国驰名商标,产品质量标准过硬,在广大消费者心中具有较高的美誉度和知名度。两家公司强强联合名副其实。

　　羚锐正山堂养生信阳红茶的产品主要有固元养精型、扶元养气型、培元养神型。产品于2012年在信阳茶博会首次亮相,就引起了行业的关注和好评,并于2012年9月在郑州国香茶城举办的红茶节上荣获"红茶创新奖"。

　　羚锐正山堂养生信阳红茶"精气神"系列产品采用信阳优质茶叶和中国传统养生秘方,以武夷山传统红茶工艺为基础,结合金骏眉红茶的特殊工艺,不仅调和了高端红茶和名贵养生材质的口感,又提升了茶药原材料的保健功效,是养生文化与茶文化的完美融合,也是对信阳红茶的发扬光大。同时,经过市场调研,公司又相继开发了调免疫型、调血脂型、乌须发型等有着广阔市场前景的新品,开创了信阳红茶的先河。

　　2012年10月,河南省委书记在信阳调研时提出"情"茶概念。羚锐集团迅速组织力量进行研究开发,很快开发出羚锐"悦情茶"。经福建正山堂江元勋董事长等十余名红茶专家品尝后,一致认为茶的质量好、口感润、创意新、前景好,值得很好地推广。"悦情茶"成为养生红茶系列中最独特、品位最高的产品。

　　党的十八大报告中提出了"要加快发展现代农业,增强农业综合生产能力"、"发展多种形式规模经营"、"构建新型农业经营体系"等许多新思路,为羚锐养生信阳红茶的发展进一步指明了方向。

　　熊维政战略的眼光、独特的思维,把中医药与红茶生产进行有机地嫁接,是对养生保健品功能复合、产业融合的一大创新。他开拓了一个新领域,打响了一个新品牌,把信阳红茶产业提高到一个新层次。他采取"公司＋农户＋基地"的产业化模式,对拉动信阳发展高品质茶产业,拓宽农民就业渠道,增加农民收入,产生不可估量的影响。

创办农民工扶贫学校

"卖炭翁，伐薪烧炭南山中。满面尘灰烟火色，两鬓苍苍十指黑。卖炭得钱何所营？身上衣裳口中食。可怜身上衣正单，心忧炭贱愿天寒。"唐代诗人白居易的《卖炭翁》对熊维政影响至深，他说："我小时候不仅卖过炭，而且还卖过柴。虽然身着单衣，担心炭卖不出好价钱，怪天气不够寒冷。那时真的是这样想的。我们做企业，走出了大山，把企业做大做强了，富裕了，没有理由不去关心最底层的父老乡亲，他们是社会的弱势群体，常年挣扎在温饱线上。授人以鱼不如授人以渔。我们要教他们学习专业技术，让他们走出困扰他们世世代代的大山。"说着，熊维政的眼睛里闪着泪花。

为什么熊维政总是眼含热泪，因为他深爱着这块红色的土地，深爱着这块土地上的父老乡亲。熊维政的目光始终聚焦在"三农"问题上，他激动地说："不解决三农问题，农民就不可能解决温饱问题；不解决三农问题，就没有我国的全员小康。"庞大的农民工群体，支撑着城市的生产建设，担负着城市运转中的最脏、最苦、最累的活，促进了城市经济的繁荣。改革开放以来，我国经济社会的高速发展，很大程度得益于从土地上解放出来的农村劳动力，他们走进城市，走入工厂，为城市建起高楼大厦，制造了琳琅满目的商品，提供各种社会服务。

从维护社会稳定、关注民生和以人为本的角度出发，从企业的良知和社会责任的角度出发，每个企业都有义务关注关心农民工群体。信阳是全国著名的革命老区，有800多万人口，是河南省的农业大市，发展劳务经济，有人力资源优势。

2005年，羚锐公司出资30万元扶持创办了信阳市农民工扶贫培训学校。学校聘请有技术专长的教师，组织农民工进行专业技能培训、就业咨询、就业搭桥、就业跟踪服务，培训、指导和帮助农民工突出发挥自身特长，进城务工，并为他们提供法律咨询，帮助他们依法保护自己的合法权益。从而帮助他们寻找生活出路，实现自我价值，改善基本生活条件。通过农民工扶贫培训，有针对性地提高了农民工的技能，提高了农民工自身价值，实现了农民工产业跨地区转移，为共同脱贫致富、奔向小康开辟了一条重要的路径。

扶贫助学

百年大计，教育为本。大别山区由于受战争的创伤等诸多因素的影响，老百姓依然相当贫困，办学条件依然十分艰苦。有的孩子为了上学要到十多公里以外的学校去，有条件的家庭为了孩子上学，搬出大山到乡里或到县城里居住；有的孩子父母长年在外务工，家里只剩下空巢老人，干脆就不让孩子上学。孩子年龄尚小，家长过早让他们外出务工，又成为新一代农民工。没有文化，他们只能干一些卖苦力的活，挣微薄的工资，过低等的生活。从大山里走出来的熊维政感同身受，他深深理解农村孩子有学不能上的痛苦滋味。"我们要在贫困地区建学校，让贫困家庭的孩子都有学上，这是羚锐集团的社会责任！"熊维政斩钉截铁地说。

巍巍大别山，莽莽苍苍，襟长江而带淮河，集南北之灵秀。群山怀抱之中，青山绿水之间，有一座小城，它就是全国著名的将军县新县，河南羚锐集团的总部就在这里。然而，新县一直是国家扶贫开发工作重点县。该县的周河乡地处大别山深山区，教育基础条件相当落后，是羚锐集团"1＋1"扶贫工程、"联、帮、促"活动的对口帮扶点。2001年，羚锐公司及员工捐助110多万元，在周河乡熊湾村建成羚锐希望小学，改善那里的就学条件。

已建成投用的羚锐希望小学占地近八亩，建筑面积1500多平方米，拥有一座三层教学楼、一座二层住宿楼、六个教学班；微机室、实验室、阅览室、餐厅、运动场、绿地花坛、大门围墙等一次性配套建成；该小学投资规模、设计水平、建筑质量都是新县地方一流。该小学的建成，为熊湾村和周边村组的孩子提供了理想舒适的学习环境，也为深山区周河乡调整小学布局创造了有利条件。熊维政自己还拿出 10 万元，在该校设立了"维政奖学基金"。

"扶贫助学不是盖一栋教学楼就万事大吉，我们要帮人帮到底。"熊维政用质朴的语言强调说。他主动带领公司党委、工会和团委与羚锐希望小学建立长期联系，制订了明确的资助计划，尤其是优先资助家境困难但品学兼优的学生。虽然现在学生们已经享受了国家特困补贴，减免了学杂费，但仍然有欠缺学习用品和生活费用而不得不辍学的情况。熊维政每年定期深入学校了解教学情况，为孩子们送去学习用品，并为品学兼优的学生颁发奖学金。羚锐公司每年都组织青年志愿者去学校辅导学生的学习，帮助学生树立远大的理想，引导学生们立志成为国家有用的栋梁之才。

2007 年 6 月，羚锐集团捐资 30 万元，支持四川甘洛地区建成了甘洛羚锐希望小学。

感恩老区，回报社会。羚锐集团通过各种渠道筹集资金，成立了羚锐老区扶贫帮困基金会，每年都尽最大努力给老区部分困难家庭和贫困学生提供资助，以实际行动积极践行基金会"困有所助、难有所帮、贫有所扶"的承诺。

治国兴邦，人才为本。近年来，羚锐集团又先后在北京大学光华管理学院、河南大学药学院、郑州大学药学院和信阳高中、新县高中、新县职业高中设立"羚锐奖学金"，开展"金秋助学"、"金秋圆梦"等扶贫助学助教活动，提供数百万元资金，扶持品学兼优的学生，帮助他们完成学业。

熊维政在北京大学光华管理学院"羚锐奖学金"颁奖仪式上讲道：

北京大学是我国最著名的高等学府之一，是出思想、出观点、出精英的摇篮。光华管理学院更是秉承北大的精华，培养、造就中国一流管理人才的基地和大本营。设立"羚锐奖学金"，加强校企交流与合作是一项具有重要意义的公益事业，是贯彻科教兴国和人才强国战略，促进和谐社会建设的有益实践和重要举措。为实现二次创业的目标，推动老区全面建设小康社会的步伐，我们同北大光华管理学院开展了深层次、大范围的合作，也借助了北大光华管理学院在人力资源、企业管理等方面的学术支持，推动着企业持续、健康、快速发展。

十年树木，百年树人；百年大计，教育为本。同学们，青春和知识是大学生最宝贵的财富，这个财富只有投入到社会主义现代化建设的伟大事业中才能彰显出更大的价值，只有为国家发展和民族振兴贡献自己的聪明才智，才能为人类创造出更大的价值。你们是时代的骄子，是国家的栋梁，报效祖国是你们义不容辞的责任。只要是为国家培养人才，羚锐集团及全体员工一定会不遗余力，这是我们的社会责任所在。加油吧，同学们，面朝大海，春暖花开。你们的明天一定会更好，祖国的明天一定会更好！

播撒人间大爱

一首名叫"为了谁"的歌这样唱道：

泥巴裹满裤腿

汗水湿透衣背

我不知道你是谁

我却知道你为了谁

为了谁 为了秋的收获

为了春回大雁归

满腔热血唱出青春无悔

望穿天涯不知战友何时回

这首歌令人想起1998年，长江流域发生了百年不遇的特大洪水灾害。倾盆大雨没日没夜不停地下，新闻中播出的消息和肆虐的洪水紧紧揪住熊维政的心，他再也坐不住："去前线看望抗洪救灾的人民解放军和武警官兵！"他雷厉风行，说走就走，亲自带着公司的高管，带着公司员工自发组织的捐款6万余元和公司捐赠的110万元的药品，赶赴长江区域的重灾区湖北黄冈洪涝灾区。熊维政冒着大雨慰问抗洪抢险一线的人民解放军和武警官兵，激动地与他们不停地握手，"你们是国家的长城，人民的靠山！"高度赞扬他们一不怕苦二不怕死的大无畏革命精神，表示一定向他们学习，壮大企业，做人民解放军和武警官兵的坚强后盾。

与此同时，熊维政及时选派员工代表，带着捐赠的物资，赶赴湖北荆江大堤慰问抗洪一线的人民解放军和武警官兵。回来后，员工代表们心情仍然不能平静，他们感慨地说："我们的国家太伟大了，我们的人民解放军和武警官兵太伟大了，我们的老百姓太伟大了。抗洪抢险的场面再现了革命战争年代，红军在前线浴血奋战，老百姓倾其所有支援前线的感人场面。我们作为羚锐的员工，深受教育，一定要学习人民解放军、武警官兵和老百姓抗洪抢险精神，把企业做好，决不辜负老区人民的厚望！"

2003 年 3 月以后，"非典"疫情蔓延全国各地。全国各地迅速打响了预防"非典"阻击战。熊维政闻警而动，他挥着手说："治疗'非典'目前虽然没有特效药，但我们可以发挥我国中草药的作用，采取预防为主，达到中药治未病的治疗效果。"

"芦根银花汤"预防治疗"非典"的效果十分好。熊维政立即组织员工加班加点加大"芦根银花汤"的生产力度。在繁华街道上设立药品分发点，组织员工向过往群众分发药品，宣传预防"非典"的知识。此时，中考、高考日趋临近，5 月 19 日至 21 日，熊维政率领公司员工深入"1+1"对口扶贫点周河羚锐希望小学、周河中学以及新县城区的新县高中、新县职业高中和新县第一、第二初级中学，向学生和教职员工捐赠"芦根银花汤"，宣传预防"非典"知识。

在抗击"非典"过程中，羚锐公司及员工共计捐款和捐药价值 70 余万元。熊维政严肃地说："这次捐赠是表达羚锐公司尊师重教、关心祖国未来的情怀，旨在唤起全社会各界人士积极投身抗击'非典'斗争中，夺取抗击'非典'的最后胜利。同时，也见证了我国中草药在预防治病上的特殊功效。"

"这是心的呼唤，这是爱的奉献，这是人间的春风，这是生命的源泉。再没有心的沙漠，再没有爱的荒原，死神也望而却步，幸福之花处处开遍。"国家多灾多难，在战胜特大洪水，击败"非典"之后，2008 年 5 月 12 日，四川汶川又发生特大地震。举国上下陷入巨大悲痛之中。5 月 14 日，也就是汶川地震后的第三天，全国性救援工作还没有全面展开，河南省红十字会救灾救助机制还未启动。熊维政情系灾区，心急如焚，他马不停蹄从新县赶赴北京，代表大别山革命老区的企业，通过中国红十字总会向四川地震灾区捐款 50 万元，直接用于灾区救援工作，献上羚锐人的一片爱心。随后，羚锐集团紧急调集价值 100 余万元用于治疗风湿关节炎、止痛的外用膏药和消炎、抗生素药品，派车辆日夜兼程送往重灾区四川德阳地区。

同时，熊维政带头向灾区捐款，并向集团各参股、控股企业 4 000 多名员工发出倡议，号召大家发扬中华民族"一方有难，八方支援"的传统美德，开展募捐活动，帮助灾民共渡难关。羚锐集团先后两次组织员工捐款，共为汶川地震灾区捐款达 200 多万元。

5 月 20 日，全国哀悼日的第二天晚上，熊维政为表达对汶川地震中遇难同胞的深切哀悼和追思，表达对生命的敬重，唤起爱心，让逝者安息，生者奋发，在羚锐集团总部大厦院内举办"烛光追思，祝福汶川"集会活动。他带领公司高管及全体员工点燃蜡烛，以烛光为汶川地震遇难的同胞进行祈祷，为废墟下坚强不屈的生命祈福。员工聚集在烛光形成的"心"形和"5·12"图案前，自发朗诵诗歌，发表感言，寄托对死难同胞无比思念之情，表达与灾区同胞同呼吸共患难，共度难关的决心，祈福灾区同胞早日战胜灾难，重建家园。

现场还进行了"一元钱、一日薪、一份爱"的善款募捐活动，两个小时内，共募得善款 26.3 万元。期间，县城区一些市民和学生、幼儿园的小朋友也纷纷现场捐款，有的小朋友和爸爸、妈妈一起把储钱罐里的硬币全都倒进捐款箱中。爱心汇聚，暖流涌动，场面令人无不动容。

在熊维政的心中，爱与善的力量，坚定地生长。汶川特大地震发生后，灾区的重建一直牵挂着熊维政的心。

2009 年 11 月，在中华慈善总会、中国教育学会等单位共同主办的"1+1 心联"活动中，羚锐集团再度出资援建地震灾区用于儿童心理疏导的 17 所中小学"心联小屋"。熊维政指派羚锐集团副总经理熊维平、吴希振带着真情、带着思考、带着责任走进灾区。在 11 月 27 日"1+1 心联小屋"挂牌仪式上，羚锐集团倡议社会各界要持续关注灾区人民健康及灾后重建工作，积极参与公益事业，为构建和谐社会奉献爱心。

2010 年 4 月，青海玉树发生地震，熊维政及时组织并迅速向灾区捐款赠药 100 余万元，援助灾区人民重建家园。

情注世间冷暖

2007 年 9 月 18 日，由中华爱国工程联合会等单位发起的"天路·爱·无极"系列活动在西藏阿里启动。核心意义是向西藏阿里地区提供医疗支持、促进该地区群众医疗健康事业发展。西藏被称之为"世界的屋脊"。"天路"是指西藏的路，也是世界上海拔最高的路；"爱"是爱心工程，是为人类和生态环境献爱心的工程；"无极"是指爱心是无限的。羚锐集团在为"天路·爱·无极"活动捐款赠药 120 多万元后，董事长熊维政又在百忙之中亲自率领羚锐集团志愿者赴西藏拉萨参与"天路·爱·无极"系列活动之"情系西藏、关爱阿里——羚锐义诊村村行"活动。这次活动以"关注健康、传递人间真情、搭建爱心天桥、共创和谐社会"和"让世界了解西藏，让西藏了解奥运"为宗旨，目的是帮助西藏阿里地区改善医疗条件、促进阿里地区发展，共建和谐阿里。羚锐志愿者奔赴阿里地区各县，走千家进万户，为阿里群众开展义诊，受到阿里地区人民群众的热烈欢迎。活动的开展对缓解阿里农牧民看病难、提高农牧民健康水平起到了积极的促进作用。

熊维政在人类生存环境最艰苦、海拔最高的地方将这份爱延续下去。自 2007 年起，羚锐集团积极参与每年一度的"天路·爱·无极"活动，结合企业实际情况，为改善西藏阿里地区农牧民的缺医少药状况贡献力量，已累计捐资赠药近 200 万元。

爱的奉献，倾注的是真诚和善心。2000 年 1 月，羚锐公司在新县举办"送温暖、慰问老干部、爱心回报义诊赠药"活动，为全县 1500 多名老红军、老干部、老教师捐赠了价值 50 万元的保健品和药品；2001 年

10 月，羚锐公司员工捐款 51.6 万元，支持新县地方政府的公路建设；2001 年至 2004 年，羚锐公司先后捐资 70 万元支持河南女子足球事业的发展。

作为国内中药外用贴膏行业的引领者，羚锐集团始终关注生态文明建设。2007 年，羚锐集团向中国绿化基金会、中国长城绿化促进会首批捐资 100 万元，促进国家"南水北调"绿化系统工程的及时顺利启动。2007 年 6 月 8 日，在北京人民大会堂举行的"南水北调"绿化系统工程启动仪式上，中国绿化基金会主席王志宝为羚锐集团董事长熊维政授予"促进生态建设贡献奖"奖杯。

2008 年 1 月，因羚锐集团对老区新县的经济社会发展贡献突出，新县县委、县政府奖励羚锐集团 200 万元。在熊维政的倡议下，集团以此为基础，再次组织员工捐资，以 260 万元为基金，在河南省成立了首家以企业名义发起的慈善机构——河南省羚锐老区扶贫帮困基金会。借助这一平台，羚锐集团有计划性、更广泛地参与社会公益慈善活动。

"有关爱、没疼痛"。现代社会，由于子女工作的繁忙，不能常回家看望老年人，老年人被忽视，加之社会的关注度不够，让很多老年人都在孤独中度过晚年。2008 年 4 月，熊维政积极响应中央文明办、民政部、全国妇联在全国组织开展的"百万空巢老人关爱志愿服务行动"，羚锐公司率先捐资 100 万元，参加在老区信阳市举办的"关爱空巢老人志愿服务"活动启动仪式，积极推动了活动的顺利开展。

2012 年 5 月，河南省敬老助老总会成立大会在河南省郑州省老干部活动中心举行，熊维政董事长代表羚锐集团现场捐赠价值 100 万元的药品……

熊维政将慈善事业作为自己毕生的追求，他认真地说："我们不能只在洪水、非典和地震爆发时表现的特别踊跃，去赚取镜头和口碑。在做公益慈善上我们不能有随意性，做公益慈善要根据自己企业的实力和自己的实力，做到有计划性，并不在乎捐赠数目的大小。做慈善，对公司来讲，是企业的社会责任和担当，能树立企业的良好形象，有利于建设良好的企业文化, 提高员工的荣誉感和归属感; 对个人来讲, 就是积善。积善成德, 而神明自得, 圣心备焉。"

社会公益慈善事业能否顺利开展, 企业家的参与和躬身践行至关重要。近年来, 熊维政身先士卒、率先垂范, 个人通过扶贫济困、希望工程、春蕾计划和筹建扶贫济困慈善组织等方式捐资数百余万元, 充分彰显了一个卓越企业家的慈善情怀。

"在巨富中死去, 是一种耻辱。"这是美国钢铁大王卡内基的名言。熊维政和羚锐人的财富远远比不上这位钢铁大王, 但他们做慈善的精神不谋而合。据不完全统计, 羚锐集团及其员工先后通过和谐社区建设、赈灾济危、见义勇为、扶贫援藏、关爱健康、捐资助学、法律援助、救助失学儿童和孤寡老人以及发展国家体育事业等各类社会公益慈善活动, 累计捐资 5000 多万元, 充分体现了羚锐集团及其员工的社会责任感和大爱无疆的奉献精神。

施人玫瑰, 手有余香。羚锐集团的公益慈善行动得到了社会各界广泛赞誉和高度认可。羚锐公司于 1999 年和 2005 年先后两度荣获 "全国精神文明建设工作先进单位" 光荣称号; 2006 年, 羚锐公司入选 "中国企业社会责任调查 50 家优秀企业"; 2008 年 8 月, 羚锐集团被国务院扶贫办授予 "国家扶贫龙头企业" 荣誉称号; 2010 年 12 月, 羚锐集团被北京市委宣传部、北京市民政局及首都慈善公益组织联合授予 " '商界彩虹心' 荣誉企业"; 2011 年 11 月, 羚锐集团被国务院扶贫办授予 "全国扶贫开发先进集体"; 2012 年 5 月, 羚锐集团先后被信阳市人民政府和河南省敬老助老总会授予 "爱心企业" 和 "敬老助老爱心企业" 光荣称号。

附 录

熊维政荣誉年谱摘录

（截至 2016 年）

1. 1992 年 3 月，被河南省信阳地区医药管理局授予"信阳地区医药质量管理先进个人"称号。

2. 1995 年 4 月，被河南省总工会授予"河南省优秀生产能手"称号、获"五一劳动奖章"。

3. 1995 年 12 月，被河南省医药管理局授予"河南省医药管理局局级跨世纪学术、技术带头人"称号。

4. 1996 年 12 月，被共青团河南省委、河南省青年企业家协会评为"河南省第五届十大杰出青年企业家"。

5. 1997 年 5 月，被河南省医药管理局、河南省企业家协会、河南省中药行业协会评为"河南省中药行业优秀经营者"。

6. 1997 年 7 月，被中共河南省委宣传部、中共河南省委组织部、河南省经贸委、河南省总工会评为"河南省优秀企业思想政治工作者"。

7. 1998 年 2 月，被河南省人事厅、河南省医药管理局评为"全省医药系统劳动模范"。

8. 1998 年 1 月，被中华全国总工会授予"全国优秀工会积极分子"称号。

9. 1999 年 4 月，被河南省人民政府授予"河南省劳动模范（先进工作者）"称号。

10. 1999 年 10 月，被中共河南省委、河南省人民政府授予"河南省优秀专家"称号。

11. 2000 年 4 月，被授予"全国劳动模范"称号。

12. 2003 年，当选第十届全国人大代表。

13. 2005 年 11 月，荣获中华中医药学会"推动学术发展贡献奖"。

14. 2006 年 12 月，荣获河南工业创新奖组织委员会、河南省工业经济联合会"河南工业创新特等奖"。

15. 2008 年 1 月，被中共河南省委、河南省人民政府授予"河南省农业产业化优秀企业家"称号。

16. 2008 年 1 月，被河南省发展和改革委员会、河南省人民政府国有资产监督管理委员会、河南省广播电影电视局、河南省中小企业服务局、中国共产主义青年团河南省委员会授予"河南省改革开放 30 年民营经济领袖人物"称号。

17. 2008 年，当选第十一届全国人大代表。

18. 2009 年 5 月，被中共河南省委、河南省人民政府授予"河南省优秀民营企业家"，享受河南省劳动模范待遇。

19. 2009 年 9 月，被中国扶贫开发协会评为"全国扶贫开发典型人物"。

20. 2009 年 9 月，被中共河南省委统一战线工作部、河南省工业和信息化厅、河南省人力资源和社会保障厅、河南省工商行政管理局、河南省工商业联合会授予"第三届河南省优秀中国特色社会主义事业建设者"称号。

21. 2011 年 1 月，在经济日报中国经济信息杂志社、中国企业报社组织的第八届中国经济人物征评活动中，被评为"中国经济十大新闻人物"。

22. 2011 年 9 月，被国家质量监督检验检疫总局授予"2009—2010年度全国质量工作先进个人"称号。

23. 2013 年，当选第十二届全国人大代表。

24. 2013 年 5 月，被中共河南省委、河南省人民政府授予"河南省优秀民营企业家"称号。

25. 2013 年 10 月，被河南省人民政府残疾人工作委员会评为"扶残助残爱心大使"。

26.2013年，被河南省人民政府授予"河南省促进全民创业先进个人"称号。

27.2014年1月，获"河南省科学技术进步奖三等奖"。

羚锐集团荣誉年谱

（截至 2016 年）

一、国家级荣誉

1. 1998 年 3 月，被人事部、国家中医药管理局授予"全国中药先进集体"称号。

2. 1999 年 9 月，被授予"全国精神文明建设工作先进单位"称号。

3. 2001 年 2 月，羚锐公司被认定为"国家火炬计划重点高新技术企业"。

4. 2001 年 7 月被中组部授予"全国先进基层党组织"称号。

5. 2002 年 3 月，"羚锐"商标被国家工商行政管理总局认定为"中国驰名商标"。

6. 2003 年，羚锐公司被人事部全国博士后管委会批准设立博士后科研工作站。

7. 2004 年 6 月，羚锐公司膏剂车间包装组被中国医药企业管理协会授予"全国医药行业先进班组"称号。

8. 2005 年 10 月，被评为"全国精神文明建设工作先进单位"。

9. 2008 年，被评为"国家扶贫龙头企业"。

10. 2009 年 11 月，被科技部评为"中药现代化科技产业基地建设优秀单位"。

11. 2010 年 4 月，被中华全国总工会授予"模范职工之家"。

12. 2010 年 12 月，被科技部火炬高技术产业开发中心评为"国家火炬计划重点高新技术企业"。

13. 2011 年 11 月，被中国中药协会、中国医药商业协会、中国医药报社等单位评为"重要工业企业主营业务收入百强"企业。

14. 2011 年，被授予"全国扶贫开发先进集体"。

15. 2015 年 9 月，被中国质量检验协会授予"全国质量诚信标杆典型企业"。

16. 2016 年 3 月，被中国质量检验协会授予"全国质量信得过产品"。

17. 2016 年，被健康中国金葵奖活动组委会评为"健康中国金葵奖"。

18. 2016 年 3 月，被中国质量检验协会授予"全国产品和服务质量诚信示范企业"。

19. 2016 年 9 月，被中国质量检验协会授予"全国质量诚信标杆典型企业"。

20. 2017 年 3 月，被中国质量检验协会授予"全国产品和服务质量诚信示范企业"。

二、省级荣誉

1. 1998 年 12 月，被河南省科学技术委员会认定为第八批"高新技术企业"。

2. 2000 年 11 月，"凯晴""羚锐"牌骨质增生一贴灵被河南省工商行政管理局认定为河南知名商品。

3. 2001 年 4 月，被河南省工商行政管理局评为"省级重合同守信用企业"。

4. 2004 年 9 月，羚锐牌通络祛痛膏被河南省名牌战略推进委员会授予"河南省名牌产品"称号。

5. 2005 年 7 月，被中共河南省委、河南省人民政府、河南省军区评为"军民共建先进单位"。

6. 2006 年，被河南省工商行政管理局、河南省合同管理协会评为"河南省守合同重信用企业"。

7. 2006 年 9 月，羚锐牌壮骨麝香止痛膏被河南省名牌战略推进委员会授予"河南省名牌产品"称号。

8. 2006 年 12 月，被河南省环境保护局评为"省级绿色企业"。

9. 2007 年 11 月，羚锐牌通络祛痛膏被河南省名牌战略推进委员会授予"河南省名牌产品"称号。

10. 2008 年 10 月，被世界中医药学会联合会新型给药系统专业委员会评为"经皮给药新产品研发产业贡献奖"。

11. 2008 年 11 月，新型热熔胶贴膏剂研究被河南省人民政府授予"河南省科学技术进步奖二等奖"。

12. 2008 年 11 月，被中共河南省委、河南省人民政府授予"省级文明单位"称号。

13. 2009 年 5 月，被中共河南省委、河南省人民政府授予"河南省优秀民营企业"称号。

14. 2010 年 2 月，被河南省人民政府评为"2010 年度省重点服务企业"。

15. 2010 年 7 月，被河南省人民政府授予"农业产业化省重点龙头企业"称号。

16. 2010 年，被河南省信用建设促进会评为"AAA 级信用企业"。

17. 2011 年 2 月，被河南省人民政府评为"河南省 2011 年度高成长性百高企业"。

18. 2011 年，被河南省信用建设促进会评为"河南省信用建设示范单位"。

19. 2011 年 10 月，被河南省人民政府授予"河南省 2011 年度河南省省长质量奖"。

20. 2012 年 2 月，被河南省人民政府评为"河南省优秀技术创新企业"。

21. 2013 年 2 月，被河南省人民政府评为"河南省 2013 年度高成长性百高企业"。

22. 2013 年 2 月，被河南省工业和信息化厅评为"河南省信息化与工业化融合示范企业"

23. 2013 年 5 月，被中共河南省委、河南省人民政府授予"河南省优秀民营企业"。

24. 2013 年 5 月，被河南省人民政府授予"河南省优秀创新企业"。

25. 2013 年 6 月，被河南省工业和信息化厅评为"河南省工业和信息化科技成果三等奖"。

26. 2013 年，被河南省人民政府授予"河南省促进全民创业先进企业"。

27. 2013 年 10 月，被河南省人民政府残疾人工作委员会评为"扶残助残爱心企业"。

28. 2013 年 12 月，被共青团河南省委、河南省时代先锋推荐活动办公室评为"河南省时代先锋十大爱心单位"。

29. 2013 年 12 月，被河南省科技厅命名"河南省院士工作站"。

30. 2013 年 12 月，被环境保护杂志社评为"生态文明建设突出贡献奖"。

31. 2014 年 1 月，被河南省人民政府评为"河南省科学技术进步奖"。

32. 2014 年 2 月，被中共河南省委、河南省人民政府授予"河南省省级文明单位"。

33. 2014 年 3 月，被河南省信用建设促进会、河南省企业信用评审委员会办公室评为"河南省信用建设示范单位"。

34. 2014 年 8 月，被河南省人民政府评为"农业产业化重点龙头企业"。

35. 2015 年 2 月，被河南省科学技术厅、河南省财政厅、河南省国家税务局、河南省地方税务局评为"河南省 2014 年度第一批高新技术企业"。

36. 2016 年 3 月，被河南省人民政府评为"2016 年度河南省百强企业"。

37. 2016 年 4 月，被河南省企业信用评审委员会办公室评为"河南省信用建设示范单位"。

38. 2016 年 10 月，被河南省人民政府授予"农业产业化省重点龙头企业"。

39. 2016 年 11 月，被河南省工商业联合会评为"2016 河南民营企业纳税 100 强"。

40. 2016 年，被河南省信用建设促进会、河南省企业建设评审委员会评为"河南省信用建设示范单位"。

后 记

　　我与熊维政董事长相识数年。闲暇时间，我们一同去爬山、钓鱼、打球，在小饭馆吃饭。他有感而发的每一句话都是经典。我一直佩服他的生活激情、敬业精神和谦逊的人生态度。2016 年春的一天，我突然萌发想给他写一本纪实的想法。大概一个月后，他对我说，你要写，别写我，写羚锐，我只是个旗号。我明白他的意思，不要为他个人树碑立传，要以这本纪实反映"羚锐精神"，让后来者能从中得到借鉴、告诫、启发和提醒。

　　从2016年7月16日开始，我利用双休日和夜晚休息时间采访了他，他第一次比较系统和完整地翻开了他人生的影片，春夏秋冬，风霜雪雨，酸甜苦辣……所有的一切都成了人生的过往，沉淀出磐石般的厚重。接下来，我又采访了与他并肩作战的同事，有高管，也有普通员工。采访后，我感觉当初的决定是草率的，我诚惶诚恐起来，害怕写出来的这本纪实承载不了"羚锐"之重，对不住他们期待的眼神。"羚锐"是盛开在大别山上的一朵鲜花。依靠大别山肥沃的红土地和老区人民辛勤的汗水滋养和浇灌而成长。作为"羚锐"的列车长，熊维政除了感谢老区人民之外，他的心血全部倾注在"羚锐"上。写作是痛苦的，因为，无论什么样的言语都难以表达"羚锐"之重和熊维政率领羚锐人艰苦奋斗的人生历程。

　　从采访到完成初稿，历时十个多月的时间。之所以能在如此短暂的时间里完成初稿，是因为有羚锐集团的领导和同志们热情而大力的支持。要特别感谢集团领导李福康、程剑军、熊伟、吴希振、李进、陈燕、叶强等，他们不惜牺牲双休日和夜晚的休息时间，接受我的采访并为本书修改提出了很好的建议；要特别感谢我的同事们，他们字斟句酌，反复推敲，为审阅书稿付出了辛勤的劳动；要特别感谢胡亮同志，他为我写作提供了大量的参考资料；还要特别感谢羚锐集团的李磊、穆晓莹两位同志，他们为书稿的修改提出了很好的意见和建议。同时，也感谢每位读完这本书的读者，在碎片化阅读盛行的当下，能够有一颗安静的心读书，我向你们致敬。

岁月就像熊湾的那条河，不由分说不停地向前流淌。熊维政依然像勇士般直面事业与人生。60岁的他，依然像大别山顶冉冉升起的太阳，斗志昂扬，意气风发，光芒四射。

由于时间紧张，水平有限，本书一定有不少尚未提及的人和事以及表述不准确之处，敬请各位读者谅解并批评指正。

2017 年 7 月

情满大别山
QING MAN DA BIE SHAN